鯨·魚·之·城

可·洛

著

突破出版社

鯨魚之城

作者／可洛
責任編輯／卓希雪
封面裝幀／鄭志偉 @ SomethingMoon Design
內頁設計／陳詩韻
出版發行／突破出版社
香港沙田亞公角山路 33 號突破青年村
電話：2632 0000　傳真：2632 0388
電郵：breakthrough@breakthrough.org.hk
網址：http://www.breakthrough.org.hk
http://www.btproduct.com
承印／陽光（彩美）印刷有限公司
2024 年 3 月初版 1 刷

Back to The City

by Leung Wai Lok
First Printing, First Edition, March 2024

Printed in Hong Kong
ISBN 978-988-8562-99-2

本書採用環保油墨印刷

人文價值

或坐在巨人的肩膀上，或呷一口書香，讓我們的生活漸次提升，讓眼界更見遼闊。

獻給媽媽和爸爸

序

當我城迷途時，座頭鯨會再來嗎？——《鯨魚之城》再讀

吳美筠／原生本土作家、詩人、藝評人、文學研究者

兩個阿果・一個我城

或者我們讀可洛的《鯨魚之城》時以為理所當然地選擇與西西的《我城》對讀，從「我」敍述者（兩書主角都是阿果）尋找當中的呼應和脈絡。然而，我們又會從兩部小說發現兩個阿果：

《我城》的「我」這個阿果，又是作品原初在報章發表時的筆名。作者故意製造隱含作者（implied writer）與敍述者的身影混淆，再在小說後部分主角跳出來變成外視的客觀敍事者，走出原本故事的脈絡，觀察收集「字紙」和尺的人，帶有後設元素，呈現書寫創作與評論之間的張力和阻力，是當年少見的，可見西西之先見。她告訴我們，香港早已脫離了借來的時間、借來的空間的魔咒。兩部小說的阿果和阿果身邊人物的本土生活都有可能找到當時現實的參照，只是，我們不會在正史或香港史書裏找到，人物只在特定時空才出現的「殊相」，卻又是在香港二十世紀歷史這特異時空裏才發現的「共相」。事實上由七十年代到今日，香港青年一直沒有停止過解決居住、成長和發展空間、身分認知危機的問題。

《鯨魚之城》的阿果，面對二千年的時代轉逆，人人使用智能手機的網絡世代，香港生活模式起了莫大的變化，已不需要機樓、電話線和電話線杆。年輕人在迅速發展的社區依然需要尋找離家獨立後可棲身的居所。他們在新市鎮高速發展的空間迷途，情況猶如誤闖香港水域的座頭鯨，他不是想離羣，而是不得已要離羣。可洛的阿果為了避免承受家人和女友的壓力而搬離，隨着時代變遷又兼在理髮店剪頭髮謀生，但他仍然像七十年代的阿果那麼年輕，對世界有那麼深刻的渴想，在所處身已回歸的香港，認識着與社會似乎格格不入的人和事。所以，我個人認為不必視《鯨魚之城》是《我城》的後續，《鯨魚之城》就是同一個「我城」的寫照，甚至同樣帶引讀者看見將或已消失的我城風貌。可洛的敍述者「我」採用內聚焦的視點，讀者像裝在阿果腦瓜的鏡頭，跟他遊走在香港新市鎮（說來現在都不新了），時而進入阿果的內心，時而跟隨阿果探望和關注朋友，尋找心之所屬。可洛這個阿果，讀者不必耿耿是否有可洛的身影，他也曾交代，剪髮阿果的生活情景部分取源於一位在髮廊工作的朋友；但，很難說，當中沒有你和我。阿果像很多香港青年，沒有明確的人生方向，他原來的職業經過時代變遷的洗禮已失去了市場，卻仍然誠懇地與個性、想法和謀生方式歧異的香港人相遇相知，例如：埋頭埋腦電腦修理員、在教會疲倦而喜孜孜的傳道人、偏愛攝影和曬相的回流少女、在街市賣菜的電視迷，還有公園管理員、七十一店員、倒垃圾的阿叔、患憂鬱症的貓等等，這些諸色人等隨時在香港街頭碰上，卻全都脱離教科書自幼稚園開始向我們腦袋塑造的「志願」羣像：裏面沒有被強調幫助我們的醫生、護士，也沒有廚師、郵差，更沒有警察、消防員……除了橫跨兩書的老師——

創造美麗新世界？

教師阿髮是個標誌，標誌着香港從殖民到回歸，一路走來工作條件和環境「不進則退」的行業——教師——的宿命。阿髮在《我城》遇到一位好班主任，告訴她「目前的世界不好。我們讓你們來到世界，沒有為你們建造起一個理想的生活環境，實在很慚愧。但我們沒有辦法，因為我們的能力有限，又或者我們懶惰，除了抱歉，沒有辦法。我們很慚愧但你們不必灰心難過；你們既然來了，看見了，知道了，而且你們年輕，你們可以依你們的理想來創造美麗的新世界。」[1]

受了鼓勵的阿髮到了可洛筆下，做了老師，面對教育改革，重視成績多於學生個人成長的校政，自身忙於教書和批改之餘仍要進修，於是在學生身上掛個鬧鐘，按規律分配上課、做功課、上網找資料、打機、吃飯、洗澡、睡覺的時間。這分明是香港學生在非人性化的求學生涯裏一個繪影繪聲、帶點誇張而真實的呈現，有點像差利・卓別靈（1889-1977）《摩登時代》裏被重複勞役的小人物。時至今天廿一世紀，人明知所處身的世界依然破爛不堪且異常複雜扭曲，卻像阿髮那樣仍然把當年班主任的話再傳學生，盼望他們一代傳一代，把這番話一直傳下去，直到有一天世界變得完美無缺。問題是，世界真的可以變得完美無缺嗎？

深信「可以趁年輕的時候，按我們的想法來創造美麗新世界」這種沒來由的過度樂觀，經常引導人落入近年正向心理（positive psychology）被人詬病的狀態：迷信明天會更好，一味唱好，會不自覺地否認日益不穩定、複雜而模糊、難以明確理解的世界，令每個人、組織、社區和社會帶來難禦的挑戰，同時，缺乏表達沮喪、負能量的出口會不斷磨滅內心對逆境的忍耐和抗衡能力，可能更讓人對現況失望，陷入更大的抑鬱。更甚的，已有學者批判，正向心理早已沒有足夠的科學哲學的研究基礎，很多時被消費主義作為晃子，理論容易混淆概念和名稱：例如個人為自我實踐追求理想，與理想的完美世界被錯誤地混為一談，當成同一個概念；又例如，教會把來自神由上而下的祝福，與有神佛庇佑祝福當成同一概念，或當祈求便得着這種由下而上的「祝福」（其實是祝禱），把人世間的成功當成神蹟，幸福感混同主裏福氣等等，近年教會也經常借用，誤以為高漲的正面情緒能提高個人健全意識創造力和表現，遂不時被譏諷追求「幸福音」、成功神學，否定人世間苦難的別無選擇。關於正向理論的批評研究很多，並不是本文的重點，我之所以批判正向心理，有點借勢導讀，以助讀者避免過分解讀小說的結局，依傍正向心理。早在一九三二年《美麗新世界》這部書就徹底打破創造美麗新世界的迷思，小說假設科技使人類進化到完全可控可防的階級秩序，被洗腦被設計的人生，造就羣體絕對的安寧，全球人類完全安舒在社會、本分和穩定至上的原則下，卻讓人放任情慾，娛樂至死。「美麗新世界」戳破只追求正向秩序最終所帶來的可怕，那種普世統一性的幸福表面上讓社會持續轉動，一切消費至上，沒有大自然，沒有文學藝術的美與醜，沒有個性參差岩巉所帶來人類的不安和不穩定，解散人類一切掙扎、衝突、爭辯的可能，也消弭它們所帶來的痛苦、張力和生機。《鯨魚之城》借人物在追蹤鯨魚蹤影時提出的詰問：我們真的可以創造理想的美麗新世界嗎？作者又借人物打了一個比喻，世界是未竣工的地盤，烏托邦即使有，也不在我城。作者沒有採用後設元素，在終章以魔幻寫實呈現鯨魚與我城，與城中棲居的原生香港人的接觸，到底巨鯨升天、無線收發機發聲是幻象抑或鏡象？抑或像提出魔幻寫實這概念的藝評家弗朗茨・羅（Franz Roh, 1890-1985）提出的畫象，在細意描繪的現實寫照中創造出格、離奇、讓人困惑的情境。這魔幻的一筆，也可以是對所生之地種種真實生活一種質問、疑惑，對應心之所屬，相對現實，另有所指。又或如魔幻寫實主義作家、《百年孤寂》作者賈西亞・馬奎斯（1927-2014）名句：「萬物自有生命，只消喚醒它們的靈魂。現實中的超驗經歷，不是等待，不是想像，而是一次喚醒。」

或許因為這個緣故，我們發現二零零九是我城一個重要的年份，因為十年後似乎沒有人像《我城》搜集字紙的屋主人，為城中大事積存大量字紙。如果《鯨魚之城》出版後十年再版的話，我們老早更能消化，我們曾經努力建構的美麗新世界，但新世界不在此，而在彼。但作者無意叫人泯滅我城的一切，尤其本土生活和語言。《鯨魚之城》所建構的人物羣象也不單是象徵工具。

教科書以外的述事話語

《鯨魚之城》初版時封底宣傳已開宗明義標示這是向西西《我城》致敬的作品，可洛要復刻西西在《我城》「以活潑的形式和輕盈的語言，展現出人生開放、樂觀和快樂的一面」這種文學面向。有學者叫這種以天真語調講故事、童直眼光觀看成人世界的文學特色作「童趣」體[2]，西西的寫作手法和特色已然成為學界寫作班的教程設定之內，成為香港其中一道文學風景。可洛寫法上取源於西西，故意重新裝組地方的名字，簡潔明朗的語言，呈現仿童話語但並不強烈。如細心閱讀可洛，發現他沒有完全仿照西西的文字風格，易步易趨。他用更多語法結構簡單的短句，同樣是要用粵語來讀，更能突出地道的香港本土語言，不宜用普通話讀。可洛把醫院的通報當成詩句，向讀者顯示，這裏有很多教科書以外的述事方式和話語。

西西的阿果和西西本人當年同樣面對着上世紀七十年代全球通脹下發展中的香港。西西的阿果一家人寄居在一座有十七扇門的古老大屋，一開始就經歷母親的喪禮。小說雖然從阿果的視角敍述，但視點會轉移到其他人物身上，其他人物隱約當中也有阿果的口吻心神，與其說西西在講故事，不如說作者藉人物的身世寫香港城貌，構成一種卑微而平凡的眾我，「一種對羣體的同命感，又同時意識到自身與環境的困限」[3]。

可洛小說裏所建構的共同體，由一班有意志把自己喜歡的事做好的人組成，他們不再掙扎於借來的時間借來的空間的城籍議題，而是呈現在實體時空的本土香港所產生的巨大集體連結。人物的典型明顯地只能取源於在體積細小、卻承載與歷史相關的龐大事故的香港，地球任何一個角落都沒有「我城」原生環境所產生的想望和困境。書中記述了香港今日看起來不可能再發生的事件，最經典的是有人投擲腐蝕性液體來表達對四周裝置監察眼的不滿，來自民間的古怪庶民故事和歷史，通過文學的虛實相晃，得到理解，恍照今日，讓讀者感受在教科書看不見的城事。

你我或許和罕有出現在香港水域的座頭鯨相似，在誤闖的領域中迷途探索，最後成為眾人一次連結大行動的助推。座頭鯨的游戈，警方過度的看守，眾我的迴異，堅執，穿透着一種摻雜記憶和暢想的特異空間，令我想起可洛另一部小說《陸行鳥森林》所營造的記憶共同體羣像，他們各有心中所屬的世界，卻柔和地互動，並看見彼此。鯨魚之城幾乎是香港，可能不是香港，鯨魚到過的地方可能是任何一個城市，但凡心之所屬魂之所嚮，就是鯨魚所到之城，當中，還包括相信是我們難以期待又必須期待的未來。

1 西西：《我城》，台北：允晨文化，1989年，頁48。

2 陳潔儀：《閱讀肥土鎮——論西西的小說敍事》，香港：牛津大學出版社，1998年，頁6。

3 何福仁：〈《我城》的一種讀法〉，見《我城》，台北：允晨文化，1989年，頁228。

1

我在facebook網站說，要出海看座頭鯨，許多朋友卻留言：不要去。F君說：你放過佢啦，I君說：有咩好睇？咁肉酸。S君說：水警會拉你的，H君說：你好得閒咩？

只有阿木說：去吧。還等什麼？

我當時以為，他是最了解我的人。

這件事，應該由我去醫院探病說起，我喜歡醫院，裏面有陣陣藥水氣味，令人想起童年，和童年的快樂。不過，這次探病並不愉快，我有點擔心，不知道她會不會歡迎我。我到病房的時候，阿安剛巧睡着了，頭髮亂七八糟，左邊的突起像牛角，右邊的壓平了，非常難看。我輕輕放下買來的水果，心想她睡了也好，她見到我未必會高興。

說到這裏，我想還是談鯨魚罷，因為牠的出現，令那年的三月特別容易記住。這麼一艘大潛艇，怎麼會出現在這個小城市呢？我想牠多數是離家出走的。專家在電視裏說，開埠百年以來，這是首次在我城水域發現座頭鯨，牠本來應該往北冰洋去的。那就是說，牠本來有個屬於自己的水域，但卻離家出走了。我會知道這個秘密，因為我也是個離家出走的人。

我向他點了我的頭，除此之外，我還可以做什麼呢？離家出走後，我首先投靠的是L君，他把枕頭和毛毯拋在沙發上，我就擁有了一個廳，成為廳長。客廳接連着四扇門，很小很小的地方，一扇門通向廚房、一扇往廁所，然後是他的房間和他父母的房間，比起我從前住過，擁有十七扇門的房子，這真是小得可憐。

——不可使用廚房。

他說。我再次向他點頭，比起爸爸，他的要求可算少。爸爸有工作，沒有加入電視新聞報導所說的失業大軍，這軍隊到底有多大，我不知道，聽說是5.3%。雖然爸爸有工作，但開工不足，一個月會有十天呆在家裏；我也開工不足啊，為了這事我有點不開心，但沒有學他狂灌啤酒，然後打我媽。那個晚上，我跟爸爸打起上來，他打傷了我的模型、圖書和唱片，而我則打傷他的啤酒罐和馬經。他打不過我，便用話來責罵我，他說的跟阿安的話一模一樣，我一怒之下，決定要離家出走。

我帶走了錢包和幾件衣服，臨走前在書桌上亂摸了一會，找些需要帶走的東西，這時一本書從架子上掉下來，幾乎打穿我的頭。那是本很舊很厚的書，封面黑色，都爛了，不記得讀過沒有。我因為太生氣了，連想也沒有多想，隨手把它塞進袋裏，離開家門。我清楚記得，自己臨走前，我妹阿髮抱着媽媽的情景。

◇ ◇ ◇

從小我便住在新市鎮，它們像人造衛星環繞着老城，然後一顆接一顆的老去。人們常說，老化的人造衛星有天不會再亮，在天邊消失，像個皮球從天而降。電視說，有個俄羅斯人造衛星，跑呀跑，有天沒氣力了，便掉下來，碰巧撞死了中國的人造衛星。我可能也是家裏的一顆人造衛星，忽然失去光明。

讀書時，我曾看過本城的地圖，地圖下方的小島，孤伶伶在海裏，像地球飄浮在太空。從地球發射出去的人造衛星，散佈在地圖上方，它們都有固定的位置，有些在膨脹，有些在萎縮。在地球正上方，有我住的三少田，一個年紀最大的人造衛星，連接着河流、鐵軌和高速公路，在它西邊有馬蹄山，是我兼職工作的地方，接下來的故事，都發生在這個年輕的人造衛星裏。

除了三少田和馬蹄山，其他人造衛星還有全彎、豚門、粉靚、下水、將軍啊。將軍啊本來叫做垃圾灣，是個專門堆放垃圾的人造衛星，不過垃圾堆積得太多了，後來就長出野草來，之後又長出野花、鋼筋、喉管、學校和樓宇，變成一個全新的人造衛星市鎮，在吊頸嶺轉乘高速星際列車，便可以往來將軍啊和老城。

L君住在老城，距離我工作的餐廳説不上近，也遠離我兼職的馬蹄山。這很不方便，加上他討厭我滿身的酒氣，我也討厭那小得不能轉身的沙發。有幾次睡到半夜，我嘭一聲滾到地上，痛得狂掉眼淚。

於是，兩星期後我搬到阿木那裏去，他的店和我兼職的地方在同一條街。我曾在這條街待過兩年，對所有的人和事熟悉得很。這是馬蹄山人造衛星，比我住的三少田要年輕許多，彷彿每樣事物都是簇新的，顏色過分鮮明，好似孩子畫的粉筆畫。街上有髮型屋、麪檔、電腦維修店、七十一、沖印店和無數村屋，對面則是新建的石屎屏風，像巨樹擋住大片天空，樹下長出幾個草菇傘，許多人在底下等待總是遲來的巴士。

有一個木牌，寫滿以下的價目，掛在馬蹄山的喜樂街上。

洗髮造型	$38
洗剪造型	$78
頭髮護理 水分 / 蛋白	$99
染髮	$99up
電髮	$99up
負離子直髮	$199
陶瓷曲髮	$299

從前，我在喜樂街的一刀剪髮廊做師傅，這名字很神氣，其實不過是髮型師而已。現在我轉做兼職，白天上班，晚上到餐廳做正職。聽說髮廊老闆有招獨門秘技，可以憑一記剪刀，為客人塑造他心中的完美髮型，髮廊於是就叫一刀剪了。不過老闆已經好久沒剪髮，他總是不在店裏，偶然回來，便

埋頭點算帳目，拍拍我的肩膀說：阿果，加油。說完轉眼又失蹤，我從來沒見識過一刀剪神功。

髮型屋比我的家還小一點，有個玻璃雲石接待處，擺滿各種水果香氣洗髮水、海底、天空、陸地、太空精華護髮素，還有髮泥、定型水和噴霧。店裏有一個廁所，一個雜物房，放滿模特兒人頭像、假髮、毛巾和袍子，還有一個衣帽間。我們有五塊鏡子，三塊是平面鏡，這鏡子前面的座位，就給身材適中的客人坐，另外兩塊，分別是凹面鏡和凸面鏡，凹面鏡給特別胖的客人用，凸面鏡給特別瘦的客人用，讓他們看見鏡裏的自己，都感到稱心滿意。

我計算過，為客人理髮，男人大約需要二百一十三剪，女人大約需要三百零九剪，才能完成。這樣一比，就知道我跟老闆的功力，差天共地。這還不止，我剪的髮型，客人常常不滿意，不是這邊太長，就是那邊太短，前面太厚，或是頭頂太薄。老闆在場的話，他會給我一點意見，有時他會說，要平衡兩邊頭髮的長度和厚度，有時他卻說，不平衡看來活潑時興一點，我想，理髮是沒有公式的。

媽媽說，老闆是個出色的人，有自己的店鋪，有自己的絕技，有許多錢。而我呢，自然是沒出色的人，為什麼？最初我到髮型屋工作，崗位是全自動一站式洗髮乾髮機，客人躺在專為洗髮而設的睡牀上，腦袋微微仰後，呼呼入睡，做夢之際，我便會自動運作，噴水，擠出洗髮乳和護髮素，變出毛巾，把他的頭髮洗乾淨，這樣洗淨一團滿是灰塵、頭皮、油脂和頭蝨的頭髮，我便能掙到八元，我把這許多的八元儲起來，為了買一把剪刀。

每個髮型師都有一把剪刀，各有不同的牙齒，有的平滑鋒利，有的凹凸笨鈍，但不管剪刀有怎樣的牙齒，會發出怎樣的聲音，它們都不便宜。那時我願望買一把千二元的剪刀，等我成為髮型師後，可以練習一刀剪。這算是便宜貨色，最貴的可以賣一萬多元，要洗幾千個頭才買得到。

◇　◇　◇

三月十八日，報紙頭版有這樣一首標題詩：

座頭鯨首訪港
游弋南丫
長逾十米料成年
觀鯨滋擾要不得
專家呼籲勿出海

從不讀報的我，不知道內文寫什麼，我不過在星際列車上，瞟見乘客（這人三七分界，頭油過多）手裏的報紙，內文的字太小了，任我近視二百度的雙眼瞪得再大，也看不清楚。鯨魚是我一輩子未見過的，我忽然很想去看看牠，看那巨大的尾巴，細小的眼睛，聽說鯨魚尾鰭的斑紋和鋸齒狀缺口，有如人的髮質，獨一無二。

媽媽說，海洋公園從前有條殺人鯨，會表演韻律泳，凌空轉體三周半，但沒有座頭鯨。座頭鯨好像要到溫哥華、台灣、澳洲等地方才可以見到，這些地方，我想自己一輩子也到不了。我忽然很想去看看牠，看牠會不會玩雜耍，會不會唱歌，聽說鯨魚有獨特的歌聲，可以在水裏傳達幾十公里，求愛的時候唱，嬉戲的時候唱，好像人類唱山歌。

想到這裏，我看看車廂，又發現幾首題為〈車廂內〉的短詩：

當車門正在關上，請勿上落車

請讓座予有需要人士

請小心月台空隙

請勿飲食
請勿吸煙
請勿 ——（請自行填寫）

這些詩讀起來很冰冷，似是出自機械人手筆，字體工整但欠缺人性，加上車廂裏不時播放的生硬廣播，叫人一點也不舒服。下車後，我挽着一袋水果過馬路，抬頭看見另一首短詩，掛在棚架的高處：

三少田醫院大樓
擴建計劃第二期
安全第一零意外

讀完這首數字詩，拐個彎，醫院就在眼前，我好像在電視劇裏見過這地方，四四方方的矮建築，灰白色外牆，每層玻璃窗都拉上綠簾子。醫院大堂單調陰沉，唯有地面畫有許多不同顏色的線條，像輸送帶延伸到遠處，交織出另一首詩：

沿紅線往急症室
沿綠線往藥房和繳費處
沿黃線往抽血站
沿藍線往客轆

於是，我雙腳踏在藍色線上，嗖一聲被輸送至客轆。按「3」字，不消幾秒，客轆有聲音傳出來，用廣東話、普通話和英文說：三樓，third floor，然後把我吐出去。它的聲音跟星際列車的廣播一樣冰冷，動作也粗魯。

三樓C房。病房大門上又有一首短詩：

注意及遵守探病時間
如有不適，請不要到醫院探病
每名病人
在同一時間　只限
2位探病人士進入病房內
在醫院範圍
不准吸煙
不准奔跑
不准喧嘩

幸好沒有一句是不准探病。我找到七號牀，阿安躺在病牀上，剛巧睡着了。牀邊的矮櫃上有水杯、鮮花和葡萄適，我重新擺放這些東西，騰出空位，輕輕放下買來的水果。她的頭髮亂極了，我真想替她梳理一下，但又怕弄醒她。不知道她看見我，會有什麼反應呢？病房有幾十個病人，有十數個戴着口罩的護士，其中一個剛從牆上撕去海報，貼上新的一張，上面寫有另一首短詩：

勤洗手
別做傳染病
幕後黑手

我看見牀尾有一個金屬架子，裏面放着白色膠瓶，有個鴨子長咀。我用右手把長咀壓下去，又用左手接住瓶子噴出的泡沫，感覺手心很冰涼。這時右手說，讓我也試試這種泡沫，於是它便跟左手爭，兩隻手搓來搓去，幾秒鐘，手心的泡沫便消失不見，化為一陣淡淡的水果氣味，然後一雙手都乾淨了。

阿安在牀上一動不動，棉被蓋到半腰，一隻腳從被子裏伸出來，但不夠長，鉤不住牀尾的欄柵。她手腕上，有些淡紅色的花紋，跟我小時候跌倒，膝蓋留下的疤痕差不多。如果打橫看，就像超市貨品的條碼，又似電視劇裏，囚犯在牢房牆上刻劃、用作計算日子的線條；打豎看，我覺得像一條梯子，不知通往什麼地方。聽朋友說，她睡在這裏，是因為一次過吃下數十粒睡眠糖，像北極熊冬眠了。如果有一個條碼閱讀器，掃瞄那手腕上的條碼，不知道她會不會馬上醒過來呢？

——你是她親人嗎？

一個護士問我。

——朋友。

我差點衝口而出，答是男朋友，但既然是過去式，她便不再是我女朋友了。回想起來，不過三個星期，我們都變了很多，好像超級市場裏的貨品，看來始終是一個樣子，但原來已經給人賣走，全換過新的。

這時，阿安張開了眼睛，彷彿剛從一個遙遠的地方（譬如說是土星），旅行回來，非常疲倦的樣子。

——阿果，是你？

你一眼便認出我了。你心情好嗎，看見我會不高興嗎？

——你為什麼會來？

我想來看看你。你知道嗎？昨晚我夢見了你，我們就像三個星期前一樣。

——不想跟我說話嗎？

你肚子餓嗎？我給你帶來了水果。如果你不介意，或者我可以給你切一個蘋果。

——我沒大礙，你沒空的話，不用再來了。

醫生是怎樣說的呢？吃了數十粒睡眠糖，肚子一定曾經好痛吧？手腕的傷痕呢？用刀割下去的時候，有什麼感覺？

——我們已經分手了。

心裏明明有許多的話，但我一句也說不出來。眼前的她忽然模糊了，好像有一塊玻璃窗隔在我倆之間，而且有雨水沿着窗子流下來。我覺得眼眶很熱，全身顫抖，我想自己一定是感冒了，於是急急離開，留下她獨自一人。

2

一間五百尺的房子裏，堆滿不同的東西。有十三台電腦主機、七個電腦熒幕、三個手提電話、一部電視、一台烤麪包機、一套喇叭、五台打印機、一盞電燈、一台無線電收發機、一台電風扇和一個時鐘。

這些東西都是壞的，兩台電腦主機患了健忘症，三台冬眠，五台中毒，另外有三台失戀了。電腦熒幕有失明的，有跌破頭的；手提電話呢？一個不會唱歌，一個只會唱歌，一個只能打出；電視永遠只能接收三色台，烤麪包機不懂吐麪包，喇叭聾了，打印機鬧情緒，常常把紙張撕碎，電燈噴火，無線電收發機冬眠了，電風扇只吹出熱風，而時鐘呢？它太念舊，指針總是往後走。

這些全是那五百尺房子裏的壞東西，而房子是阿木的家。

在L君的家住滿七天，第八日，我搬去跟阿木一起住。那時他正在為一台電腦診症，問它說：你哪裏不舒服？

——57 0x0039

電腦回答說。

——啊，原來是網路卡配接有問題。

他喃喃地說。

——998 0x03E6

另一台電腦說。

——今次是記憶體有毛病。

他點點頭說。

我推開店門，它便有點高興地哼起歌來。

——隨便看。

他以為我是顧客，連一眼都沒看我便說。

——阿木，是我。

我放下背包說。

——認不出你啊，你又換髮型了。

阿木的頭髮深褐色、又短又硬，像蟲子似的在頭頂蠕動，而且長得很慢，我們同住的日子，它們幾乎都是一個長度，像假髮一樣。

有一次，一刀剪的電腦鬧情緒罷工，這可是一件大事，老闆一旦掌握不到店裏的運作情況，例如還剩多少卷廁紙，昨天的營業額是多少，員工有沒有遲到，便會抓狂；做員工的也因着電腦罷工感到納悶，他們不能在閒時玩接龍遊戲了。

我負責把電腦抬到阿木的店裏，他的家也是他的店，人們說這是前舖後居。他用一堵牆和一扇門，區隔店舖和居住的地方。店裏有一張又長又大的工作桌，擺滿電腦主機板、風扇、電線和記憶體。他靠牆立起一個架子，掛着打印機的糧食、手指，還有許多我叫不出名堂的東西。店舖後面，客人看不見的地方，就是他的睡房、廁所和廚房，他沒有客廳，因為店面便是客廳了。

——這台電腦壞了。

我把一刀剪的電腦放在工作桌上說。

——好，讓我把把脈。

他開啟電腦，見沒有反應，於是打開機殼檢查，這裏看看，那裏看看，又問電腦哪裏感到不舒服。電腦回答一堆數字串，或者是一些奇怪的機件聲音，好像小孩子牙牙學語。他懂得電腦的語言，這是我不懂的，我只懂頭髮的語言。等他讓電腦感到舒服，電腦才肯復工，我把它抬回髮型屋去，它便告訴老闆，廁紙還剩五卷，阿果昨天上班遲到了。

結果，老闆罵了我一頓。

◇　◇　◇

阿木專門替人維修電腦，這間店是他叔叔的，但叔叔人在內地，打理店子的事就交給阿木。他在店裏工作，在店裏住，永遠都是吃外賣的，幾乎整天窩在店裏。

每天，維修電腦佔去他五個小時，住在馬蹄山的人幾乎都有電腦，而且多數是壞的。有錢人從來不會修電腦，因為有太多的電腦等着他們帶回家了，多得他們家裏也擺不下。沒錢的人才把電腦一修再修，不管修好的電腦一會兒又會壞掉。

——他們根本不懂得使用，也不懂得體貼電腦。

阿木說。

除了睡覺、吃飯、上廁所和上網，餘下時間他還替人修理其他東西。他喜歡將機器拆開，看看裏面的構造，記下每個零件的模樣和位置，然後重新裝嵌一次。

——一個再大再厲害的東西，只要有個小零件發生問題，便不會動了。

他說。

七十一便利店就在他店子旁邊，每份報紙賣六元，但阿木不買報紙，他習慣在網上看新聞，然後跟討論區的陌生人聊天，談談中東的戰火、北極的融冰、世界各地的地震。還有車禍、自殺式炸彈、校園槍擊案、海盜、軍事衝突和大型示威。地球被擠進狹小的電腦熒幕後，變得亂七八糟了。

有一次，他和網友談起垃圾。W君說，這個世界垃圾太多了，每天有過百萬噸。A君說，堆填多幾個將軍啊不就可以嗎？S君說，堆填污染地下水，焚化卻又污染空氣，不如掉進火山吧。T君不同意說：火山爆發不就連垃圾都噴出來嗎？還是用火箭送上太空的好。E君說：火箭和人造衛星老化，跌落地球，又多一堆垃圾。阿木補充說：火箭也是高污染產物，由製造到發射，每個環節都會釋出有毒物質，造成污染，不是辦法啊。

阿木說，地球不知不覺壞掉了，像一台電腦，先是跑得慢一點，然後是偶然跑不動，最後，突然有一天，它會完全停下來，變得跟廢鐵沒有兩樣。他有個心願，希望找出那個有問題的零件，讓地球繼續運轉，永遠不要壞掉。

◇　◇　◇

白天，阿木在店裏修理電腦和各類電器，我便在房子裏睡覺。

晚上，他在房裏上網，努力尋找地球那壞掉的零件，而我則去打工。髮型屋的工作轉為兼職後，我花了一個星期，經朋友介紹，到肥沙嘴一間法國餐廳，一邊學習，一邊賣紅酒。朋友說，政府高官喜歡喝紅酒，不但讓紅酒買賣完全免稅，還打算在島上建立一個紅酒港，海港裏的不是水，而是紫紅色的酒，輪船行駛在酒上，大家喜歡，彎身伸手就可以掬來喝。他接着說，買賣紅酒有前途。

我不喜歡喝紅酒，又苦又酸的，如果政府建一個牛奶港，或是汽水港，那多好。我從來不明白政府做的事，醫生說吸煙和喝酒，對身體都不好，但政府只會派人在各處用粉筆畫出禁區，寫着「嚴禁吸煙」的短詩，叫我爸爸只能躲在家裏抽煙。如果他們也寫上：嚴禁飲酒，爸爸便不會打媽媽，也不會和我打架，我便無需離家出走了。

每天晚上，我看着紅酒像一條紫色的蛇，從玻璃瓶爬到杯子裏。餐廳經理說，紅酒由紅葡萄釀製出來，第一個種植葡萄的人叫挪亞，埃及人喝紅酒已經有三千年了。

紅酒跟人一樣，都有美麗的名字，有種酒叫佳美娜，是智利美人，有種酒叫美露，法國出生，有種酒叫維波利，有種酒叫奇安帝，都有意大利血統。經理說：你先認識法國的酒，循序漸進，慢慢學習吧。

餐廳有個小酒窖，暗暗的，有點冷。紅酒都在裏面冬眠，一瓶一瓶平躺在架子上。它們用瓶頂的木栓來呼吸。經理說，廚房的人都不准到酒窖來，因為紅酒都怕油煙味。它們還怕光，怕熱，怕潮濕，怕乾燥，怕忽冷忽熱的天氣，明顯是個膽小鬼。

紅酒跟牛、羊、鴨和三文魚是好朋友，常常同桌用飯，卻跟雞、豬、蝦蟹話不投機。而且紅酒更愛蜜蜂，甚於蒼蠅。

我聽過一個故事：有位外國專家，找來三隻蜜蜂和三隻蒼蠅做實驗。他把蜜蜂和蒼蠅裝進一個紅酒瓶裏，然後將瓶子平放，讓瓶底朝着打開的窗。看看蜜蜂和蒼蠅能不能飛到窗外去。

蜜蜂嗡嗡地飛，不停地撞向瓶底，以為光線最明亮的地方，必然是出口，但那片透明的瓶底把牠們擋下了，牠們飛到累啦、肚餓啦，還是衝不過玻璃，天空這麼近，那麼遠。

蒼蠅呢？牠們不懂什麼邏輯，什麼地方光亮，什麼地方陰暗，都不管了，亂飛試試看，結果不到兩分鐘，三隻蒼蠅都從瓶口飛出去了，呼吸自由的空氣。

所以，紅酒瓶把蒼蠅全都吐出來了。

每晚下班，我就像蒼蠅被餐廳吐出來。晚上的肥沙嘴，街道跟白天一樣明亮，行人跟白天一樣多，他們經過我身邊，如果是年輕人便説：他喝醉了。如果是中年人便説：他喝了波爾多。但我沒有醉，走直線一點難度也沒有，只是我的頭髮、襯衫、皮膚和皮鞋統統都醉了，那陣酒氣，連街邊的流浪貓，聞到也變得飄飄然。

如果紅酒港建成了，這個城市的一切都會醉掉。流浪貓軟癱地睡，鳥兒唱歌走音，樹木先結果後開花，交通燈胡亂地閃，八達通機響個沒完，店舖裏的收銀機不停地開合，股市忽升忽跌，商場氣溫急降十度，星際列車也會飛站超載，電話廣告不斷轟炸。如果座頭鯨在紅酒港裏游泳，必定也會一醉不醒。

唉，很想出海看座頭鯨。

◇ ◇ ◇

莉莉居住的馬蹄山平安街，跟喜樂街相距不遠。喜樂街的商戶見她常常拖着行李箱，都說她是空姐，但也有人說，她不是空姐，空姐都有制服，而她出入總是穿便服的，於是又有人說：她是旅行作家。旅行作家是做什麼的呢？去一趟旅行，然後寫文章。寫旅行的什麼？吃喝玩樂。可她從來吃不胖，也不買手信。

於是又有人說：她是旅行家。旅行家是什麼？大家卻不知道。我妹阿髮說，旅行家就像馬可孛羅，從家鄉出發，探索神秘陌生的國度。馬可孛羅從家鄉威尼斯起程，沿絲綢之路東行，途經土耳其、伊拉克、伊朗等地，花四年時間到中國，增廣見聞，促進交流。

——那莉莉是坐駱駝還是飛機呢？

——她往東遊，還是西遊？

我問。

——飛機吧。她可帶着行李箱呢。

——很可能是北上啊。

阿髮答。

馬可孛羅回國後，寫了《東方見聞錄》，說不定莉莉也會寫一本《莉莉遊記》。阿髮繼續說。我把這番話告訴喜樂街的商戶，一刀剪老闆說，旅行家是賺不到錢的，還要花錢買機票，莉莉必定是個空姐了。那制服呢？航空公司制服款式多，天天不同，女人都是愛美的啊。賣菜的呆媽說。

後來，我知道，莉莉既不是空姐，也不是旅行家。有一次，她見電腦壞了，把它抬到阿木的店，那是爛蘋果牌電腦，商標是個被蟲蛀爛的蘋果。阿木說爛蘋果電腦比較難修理，因為它是爛蘋果，金玉其外，敗絮其中，叫莉莉兩天後再來。

雖然爛蘋果電腦很壞，但它說的還是電腦語言，阿木第二天便把它修好了。他發現，莉莉的電腦儲存了許多照片，有風景啦，沙灘、街道、餐廳、公園諸如此類，有食品啦，龍蝦、意大利麪、點心、雞尾酒諸如此類，有女孩子的東西啦，手袋、化妝品、珠寶、高跟鞋諸如此類。她還幫很多人拍過照片，都是年輕俊美的男人女人，有些還沒穿衣物，露出背肌或是腸粉一樣的白腿。

莉莉回來取走電腦那天，天上的雲也像腸粉般又長又白，那時我剛起牀，從後舖到前店，阿木剛剛測試完爛蘋果電腦，把它交回莉莉手中。莉莉跟我打過招呼，捧着電腦走了，店門響起「叮噹叮噹」的電子聲音。

時間還早，餐廳的夜班工作未開始，我吃過東西，給阿髮打個電話。她說她很好，媽媽也很好，問我幾時回家。這時，我離家出走已經十天了。

——阿爸還生氣嗎？

我問。

——他喝到大醉，第二天什麼都忘了。

她說。

——只怕他見到我，又想起來。

掛線後，我窩在阿木那窄小的牀板上，翻開從家裏帶出來的書。這書又重又厚，內文的字小得可憐，而且用的紙張太薄了，這頁的字與下頁的字重疊起來，用放大鏡也看不清楚。我翻翻最初幾頁，又翻翻結局，發現都談到一個美麗新世界，沒有眼淚，沒有打架，獅子和綿羊住在一起，天空、大地和海洋都沒有垃圾和污染，人人快快樂樂地生活。這麼好的一本童話書啊，可惜太厚了。

——我去買點零食，你要不要？

合上書，我跟阿木說。

他向我搖搖手，埋頭修理那台冬眠的無線電收發機。我推開店門出去，看見莉莉在對面街上，抱着爛蘋果，左顧右盼，好像在找尋什麼。她決定向左走，但走了幾步，忽然又停住，回頭向右走。我想，平安街應該往左走啊，她可能想到街市買菜。

我在七十一便利店買了汽水和薯片，看見莉莉還在原地，她累了，坐在路邊的紅色消防水龍頭上。真奇怪，難道她在等巴士嗎？等巴士應該要站在草菇傘底下。

——你在等人嗎？

——還是看風景？

我好奇地問。

——我想回家。

——但我忘了自己住什麼地方。

她說。

莉莉住在平安街，這是喜樂街上每個人都知道的事，但她卻記不起平安街要怎麼走。我幫她抱着爛蘋果，一起走到平安街，那裏有條背山的小村，村屋低矮稀落，像積木立在路邊、躲在樹林、在太陽下曬日光浴。

——你住哪幢房子？

我問莉莉說。

她看着那些積木，一面迷惑，想來想去，也記不起來。好像那些積木都給人拆散，胡亂的重新堆砌，將她的房子放到一個不顯眼的位置。

——是紅色的房子嗎？

——是陽台有仙人掌的房子嗎？

——是掛着招牌「老實公司」的房子嗎？

她一一搖頭。然後告訴我，不知從什麼時候開始，她總是忘記自己的住址。她什麼地址都能記住，不管到哪裏工作，出國旅行，她都不曾迷路，可是一旦回到馬蹄山，到了喜樂街附近，她便記不起自己住在哪兒了。她說，候鳥往來遷徙，三文魚游到出生地交配，海龜回到破殼的沙灘下蛋，只有她忘了自己的家。

我們在村子裏繞了一圈，問過靠在牆上的單車、還未亮起的街燈、地上的破瓶、掛在繩上晾曬的襪子，它們都不知道莉莉的住址。忽然一牆鐵皮郵箱「卡卡」大叫，吸引我們的注意。

——你們知道莉莉住在哪裏嗎？

我問。

——不不不不不知知知知知道道道道道

許多郵箱同時說話，聽來就像合唱一樣。

——那……打擾了，謝謝。

我說，然後跟莉莉離開。

——但我知道她今天收到信了。

一個藍漆郵箱說。

郵箱裏有封給莉莉的信，是她婆婆從外國寄回來的。莉莉和郵箱相認，我看看房子的門牌，再看看郵箱的編號，便知道莉莉住在平安街四號三樓。

看來她婆婆才是旅行家，而莉莉則是個健忘家，永遠在旅行。

3

立志成為髮型師前，我是電話公司的技術員。從前，家裏的電話食量很小，只需我每個月付錢給一次電話公司；近年電話長得愈來愈細小，食量卻大增，每分鐘都要我付錢，才願意繼續為我撥電話、接電話。68 元 800 分鐘、128 元 1600 分鐘、198 元 3000 分鐘，不知不覺將我的時間壓縮，變成一分一毫。SMS 短信是免費的，但如果它要衝破電話公司的蜘蛛網，自投別家電話公司的網羅，到我朋友手中，那每個短信盛惠五毫。

中學畢業後，我考進了電話公司，得到一份有趣的工作。那天晴空萬里，我的心情極好，當時我覺得，電話公司是世上最偉大的公司，連繫着城裏每一個人，交通着每一顆心。我的工作是鋪設電話線，鋪設好了，電話便能接通，我們能夠跟電話另一邊的人說聲：喂，你好嗎？

電話對面的人，有時是爸媽、妹妹、朋友、舊同學、同事或許久不見的親戚，有時是陌生人：先生你好，我是代表得得好酒店的電話推銷員，為你送上自助餐折扣優惠……這位得得好酒店的電話推銷員，沒想到電話另一面的人，是減減掂纖體公司的電話推銷員，對方說：先生你好，謝謝你打來減減掂纖體公司，最新推出的日日減 3888 元纖體課程絕對適合你……

結果兩人成為了朋友。這種事情每天都發生。我喜歡電話，因為它叫我們親近，我們的心事、笑聲、飲泣和怒罵都在電話線裏傳來傳去，由城市的這邊傳到那邊，由馬蹄山傳到肥沙嘴，由這城傳到國外，由地球傳到火星。

我曾經跟自己說，我要做好這份工，用電話連繫美麗新世界。可惜事情改變了，變得完全不是我想的樣子。首先人們不用電話線了，公司不再派人鋪設新的網絡，倒派人到各處安裝大菜鑊，這大菜鑊很方便，聽說太陽光照下去，連雞蛋都能夠烤熟了。從此，電話愈變愈小、愈變愈輕，像風箏在人們的手裏、背包、褲袋飄來飄去，再沒有電話線連接着它們，除了偶然有人用電話繩拉着它們，像拉狗一樣，它們變得很自由，變得無處不在。

從前，人們只會在家裏或公司裏收到電話，但現在無論何時，無論何地，都會忽然響起電話聲。有一次，我在快餐店吃午飯，一雙眼睛看看快餐店老闆的禿頭，看看不遠處運送鮮奶的工人，忽然聽到電話鈴響，我連忙從袋子掏出電話，明明沒有來電啊，原來是背後的少女跟我用同一首流行曲。這時電視午間新聞節目的主題曲響起了，我不期然往電視望去，發現自己又被騙了，電視正播放着十年前的肥皂劇，新聞節目主題曲原來是老闆的新電話鈴聲。買單的時間，我聽見嬰兒哭哭啼啼的聲音，左看右看，快餐店裏分明沒有嬰孩，我以為自己聽錯了，沒想到一位剛喝罷奶茶的大叔，掏出電話按下接聽鍵，嬰兒的哭聲便停止了，真是好孩子。

電話沒有使人更加接近，反而更疏離了，在街上、巴士和星際列車，人們都帶着耳機，只顧細聽電話播放的歌曲，聽不見別人說的話。有些人不愛音樂，便埋頭用電話玩電子遊戲，與勇士屠龍、和美少女談戀愛。有人喜歡用電話拍照片，拍什麼呢？拍自己，拍別人的醜態，拍女孩子的裙底。電話叫人更加自由，隨時隨地做自己喜歡的事，但他們一旦不見了電話便會發狂，又憂鬱又難過。不過只要買個新電話，他們轉眼便好了。他們本來就喜歡買新電話，每月一個，每星期一個，每天一個，每天新推出的電話，比每天出生的嬰兒還要多，舊的電話便成為了垃圾，有待阿木和他的網友們想出處理的辦法。

——電話線鋪設部門要解散了，有誰想轉去服務推廣部？

部門主任問我們說。

我搖搖頭，收拾寫字桌的東西，跟主任說再見。我知道自己不適合做服務推銷員，他們在大街小巷豎起旗幟，佈下陣地，攔截途人，說個沒完。我愛說話，但只喜歡聊天，而不是自言自語：

——先生，轉台未？先生……

——現在轉台送你雙倍回贈。先生，停一停，雙倍回贈，你每月只須付98元，1000分鐘……如果即時帶機轉台，還可以三倍回贈給你……可以保留電話號碼，還送你免費增值服務，有來電顯示啦、來電等候、電話會議、留言信箱、來電轉駁……先生，等等，買機轉台也可以，我們有最新款的手提電話，五倍回贈，每月只須128元，優惠期內，更可享額外400分鐘基本通話……

於是，城裏許多人，便買下了愈來愈多的分鐘。時間變得愈來愈便宜，不過時鐘卻沒有大減價，而且這些分鐘，好似罐頭一樣有品味限期，每過三十天便會報銷。

我離開了電話公司，不久便找到工作，在一刀剪髮型屋做學徒。那是兩年前的事。

◇ ◇ ◇

人們說，很快大家就可以從肥沙咀，走路到中環了。城裏的海洋，在不久的將來，便會像喪家狗似的被逐出城去。那時，他們或會在原本是海的地方，建一座超級大的商場，人們如果不穿過商場，或沒有消費到指定金額，就不得在肥沙咀和中環之間往來。在這天還未來臨的今日，肥沙咀和中環之間，還有一小片海，大郵輪無法駛進來，而小船則因為風浪太大，被拋得像飛魚一樣，在海面驚險的滑翔。

終有一天，這城裏不再需要船，但人們並不擔心，有人立即拿出計算機來。我的那層樓，沒有了海景，售價要下調三十萬才行，但由於超級大商場即將建好了，我又得把售價提高五十萬元，他說。

阿安沒有在海邊擁有一層樓，但她天天都能看見海，她在船務公司做票務員。但她不喜歡坐船，會暈船浪。她喜歡安安穩穩的地方，不愛旅行，不愛冒險。她愛跟客人聊天，學幾句外語，例如是普通話、英語、日語和韓語。她公司的船，沒有是漁船的，都是載貨物和遊客的船。他們乘船到中國內地和澳門去，買手信、回憶和運氣。

有次，我跟朋友到澳門去玩，那時候還沒有人會說「我去威尼斯」，其實是去澳門，兩個城市是分得清清楚楚的。今時今日，據一些朋友說，要分辨紐約、東京、倫敦、巴黎，還真不容易，到處都是見慣見熟的商店，大街小巷一樣擠逼，人們的衣着、喜好都非常相似。幸好，澳門還有炭燒杏仁餅和鳳凰卷等小吃，我就是盲了，也能憑味覺分辨出這小小的地方。

——過大海嗎？

買船票的時候，阿安問我說。

——是的，但我不會到賭場買運氣。

她笑了笑，我喜歡她的笑容。

我自小便知道，過大海就是乘船到澳門的意思。媽媽說，現在到澳門去，只需一個多小時，但從前的船行得慢，如果黃昏上船，得到第二天早上才會到達澳門。感覺上，乘船到離島只要數十分鐘，那海是小小的，但到澳門去，那海卻是大得多。不過有朋友說，到澳門的人多數都會到賭場買運氣，買不到的話，花光了錢，就像一個人沉進大海一樣永不超生，這是過大海等於到澳門的另一說法。

我喜歡媽媽講的故事，這令人想起坐一程船到遙遠的地方，像旅行家做的事，像冒險。阿安說，我不要冒險，我只想逛街。於是，跟阿安拍拖的日子裏，我們常常逛街，買東西。只要不乘船便可以了，乘巴士、小巴、星際列車都無所謂。

商場是阿安最愛逛的地方，那裏沒有陽光，沒有風雨，沒有蚊蟲，沒有汽車噴出的廢氣。像阿安喜歡逛商場的人實在太多，不單是老年人，連年輕人都喜歡躲在商場裏，根據達爾文的進化假設，人類最終會變成蠟像人，一旦踏出商場，便會融掉。阿安是人類和蠟像人的過渡物種，很熱啊，是她的口頭禪。

政府為了滿足市民需求，致力開拓土地，興建商場。阿木曾經在網上找到「全城商場化發展藍圖」，發現政府決意在二零二零年前，將全城變成一個前所未有的超巨大商場。他們的主意還真是層出不窮，例如炸開一座山，填平一個海灣，用貨車搬走舊區所有的人和事物，讓出空地，剷平公園和泳池，將大學、圖書館和博物館改建，將野生動植物搬到海洋公園，發展郊區，統統變成商場。

我和阿安的愛情故事，都發生在商場裏。我們第一次約會，就是在肥沙嘴一個可以看日落的商場；第一次牽手，是在全彎商場的戲院裏；第一條共用的飲管，是有次阿安逛得累了，我們在咖啡店休息時，從侍應手中接過來的；我第一次送給阿安的禮物，是在馬蹄山一個商場買的；第一次親吻，則在三少田商場裏一個隱蔽的角落。

阿安喜歡在晶瑩的櫥窗前，像魚兒一樣游來游去。看見心愛的東西，她便會買下它，像魚似的把食物吞下去，她手挽的各個紙袋就是肚子。魚兒是不會飽的啊，她也一樣，從唱片的海洋，游到衣服的海洋，買呀吃呀，彷彿沒完沒了。

——阿果，你愛我嗎？

隔着貨物架，她悄悄的問我。

——我愛。

我衷心的說。我最怕她會融掉。

拍拖三年，我們未曾留意，城裏的商場愈建愈多，海洋便愈變愈小，阿安的船務公司，那些運載貨物和遊客的船，開駛得愈見頻密，彷彿船無須行駛，對岸便會自然漂浮過來，而且愈來愈快。到岸了，船夫說，然後降下踏板，乘船的人便一個個跳到岸上。

◇ ◇ ◇

兩年前，十一月的某天，人人都趕到中環海邊，他們說，碼頭要退休了。碼頭於一九五八年出世，四十八歲，還未到退休年齡，於是有人問說，碼頭真的要退休嗎？它已經厭倦每十五分鐘報時一次嗎？碼頭當然不會報時，報時的是碼頭身上一個機械時鐘，這個時鐘是一個比利時王子送贈的。

碼頭外表平實親切，但倒有氣派。

碼頭宣報退休後，人人都趕去跟它道別，拍照留念。警察見人太多，到場維持秩序。阿木趁着大家拍照，警察忙着架設路攔的時候，把機械時鐘偷走了。他說，我要把這個時鐘好好保存，如果壞了，便修理好它。我還想為它設計一個新功能，就是做張嘴巴，好讓它能把自己的故事告訴下一代的孩子。

——我想去跟碼頭道別。

我牽着阿安的手說。

——你自己去吧。

她甩開我的手說。

無論我如何請求，她都堅決不去。你知道，我只能夠逛商場，要去你自己去。她說。政府說，碼頭退休是為了退位讓賢，將來海邊會有美麗的馬路和商廈，金光閃閃，如果在肥沙嘴隔岸觀望，那將會是一片醉人風景。阿安等的也是這一天，她知道，商廈底層總會附設商場，商場是商廈的根，是鐵路的中轉站，對她來說，是寶藏。

我和城裏的人，看着電視上，一隻機械鐵臂夾走了碼頭的頭。碼頭的碎片，變成塵埃撒入風中，傳遍城裏，於是所有人都患了鼻敏感。

碼頭的事，叫我和阿安鬧得不愉快，為了討她歡喜，我買了很多禮物給她。但她似乎對我的感覺轉淡了。在商場裏，我們好像捉迷藏，她在櫥窗和貨物架之間走來走去，又像穿越時光隧道，忽然在這間店，忽然在那間店，許多時候，我都只能追着她，要是我走失了，她也不會第一時間回來找我，我發現，商場原來都是迷宮。

從此，我們便很少談電話，約會的時間也不多。那時我剛巧升職成為髮型師，便完全投入在工作裏。我從來沒有替阿安剪過頭髮，她的頭髮一直是又長又直，非常好看。我常常覺得，人們遇到不幸的事，都是因為他們剪了一個不適合自己的髮型，於是我立志要改變這個世界。走在街上，我會打量每個路人的髮型，為他們構思一個合適的新髮型。我要為更多的人理髮，給他們專業的意見。不過，有一天，阿安竟問我說：你什麼時候轉工？

——我為什麼要轉工？

我問。

——難道你打算剪一輩子頭髮嗎？

我愛剪髮，我說。我喜歡這份工作，它比電話公司的工作更有意義。每個人都有頭髮，他們的頭髮都會長長，都需要剪理。我能夠幫助所有的人，只要剪出一個好髮型，人人都會很高興。這有什麼不好呢？

你不要再天真了。她說。剪髮有什麼出色呢？你不是大師傅，不是在名店做髮型師，更不是為明星設計髮型的人。你送我禮物的錢，要剪多少個頭才賺得到？你說喜歡這份工作，喜歡，喜歡可以當飯吃嗎？要成為著名髮型師，真是難比登天，有可能嗎？你已經二十七歲了，以為自己是王貽興，可以當明星，夢想成真嗎？阿果，我討厭你，討厭你想些不設實際的事。

她竟然將我和王貽興做比較。這就像一件象徵夢想成真的襯衣，穿在我身上，卻完全不稱身。或許她說的一點都沒錯，我不懂答話了。

——我們分手吧。

她說完，在我面前等了一會兒，但我不知道可以說些什麼。那一刻，我不想撒謊，告訴她會轉工。我想說「我愛你」，但她卻給我陌生的感覺，是個我不曾認識的人。不知過了多久，她說再見，轉身走了，留下我獨自在商場裏，被晶瑩剔透的玻璃櫥窗包圍着，好像一尾魚，張着嘴巴。

這就是三個星期前發生的事，幾日後，我辭了一刀剪的工作，從髮型屋裏帶走的，就只有我的剪刀和一個鐵盒。盒子裏收藏着八束頭髮，都是我升職成為髮型師後的頭三天，為客人理髮時收集的，分別是莉莉、沖印店老闆米高、菜檔老闆娘呆媽、阿呆、阿髮（妹妹是我第一個客人）、女傳道人愛麗斯、倒垃圾的成叔，和七十一店員波子的頭髮。

4

呆媽是喜樂街一位傳奇人物，留一頭蓬鬆的曲髮，笑容可掬，平易近人。她和丈夫在街市裏賣菜，檔位正對着街市的入口，好像一個展覽廳，陳列出當天最新鮮的蔬果。這邊是菜心、生菜、芹菜、芥蘭、黃牙白，那邊是番茄、洋蔥、蘿蔔、四季豆。

街市裏有眾多的店舖，肉檔是鮮紅色的，魚檔則灰灰白白，乾貨店是棕黑色，水果店則色彩繽紛，唯有菜檔是翠綠色，看起來叫人眼睛舒服。呆媽大半天待在檔裏，她為自己闢出一個小位置，擺張木椅，坐在玉米、車厘茄、雞髀菇和甘筍中間。那是她的小天地，正午，她坐着吃飯盒，下午，她就撿玉米裏的蟲。玉米蟲都是又肥又大的，藏在玉米的葉子裏，從前這可花了她半個下午的時間，現在，大部分的玉米蟲都因為吃農藥飽死了，她才較為空閒，可以跟人聊天。

呆媽是個電視迷，喜歡跟主婦們談電視劇。每天收檔後，回家做過家務，她便會跟電視打交道，搜集明天的聊天題材，目不轉睛直到打哈欠為止。她最愛的節目，是連續劇「超級百貨公司」，那是一齣美國劇集，有粵語配音，講述一個叫亨利的人，由百貨公司清潔工，做到大老闆的故事。由第一集到第四十九集，超級百貨公司都不過是小鎮上一所大型百貨店而已，但五十集以後，劇集進入高潮，亨利坐管百貨公司，大幅擴充事務，使之成為美國，以至全球的成功企業。從那時開始，人類都活在超級百貨公司裏，有的像亨利是公司員工，其他的人就成為貨架上的商品。

他們不論吃飯、上班、睡覺，都有買家在旁邊觀察着。有的買家悄悄觀察，有的明目張膽，覺得某個人英俊啊，便買他回去，於是，能幹的人、有趣的人、故弄玄虛的人、溫柔的人、好勇鬥狠的人、有創意的人、會算術的人，都被人買下了。有個女演員，飾演叫做艾美的角色，她漂亮又聰明，買家爭相要買下她，她便把自己身上的價錢牌，由二百五十元，一改再改，加到十二萬元，這時買家們都卻步了，她很難過，覺得自己再沒有價值，想要自殺。呆媽不禁為她緊張，幸好，一個價值八十元的男人出現，他是個曾經被艾美看不起的朋友，他說我願意照顧你。呆媽很感動，便捧着一盒紙手帕，抹着眼淚繼續追看。

有些人，沒有買家要買，他們便說，我們要好好包裝自己。於是，他們去學玩雜技，去美容，去念書，去做別人建議的事。可是，不管他們做什麼，買家還是不瞧他們一眼。長年累月，他們有的心灰意冷，有些人則搬到特價貨品區，將自己身上的價錢牌，由六十元改為五十四元，然後是四十八元、三十元、廿四元。

有一集，講到一個叫班特的人，他在超級百貨公司裏印製貴賓卡，什麼人能擁有貴賓卡呢？全是買得起東西的人，這時候，貨架上的商品，不論是奶粉、廁紙、米、油、清水、貨櫃、大樹，或月亮，全都漲價了，唯有人是不斷減價，愈賣愈便宜。那些擁有貴賓卡的人，都是一車一車星星，一船一船海水的買回去。每天，班特接過手的貴賓卡，何止千萬，他想，如果我擁有自己的貴賓卡就好了。

有一天，他竟在超級百貨公司旁邊，開了一個「小小公司」，他是老闆，不但能印貴賓卡給自己，而且還可以印給他的好朋友。小小公司賣什麼？是賣瓜菜的，沒辦法，超級百貨公司什麼都賣，班特唯有種瓜菜，自給自足了。

呆媽很欣賞班特，於是推出了菜檔貴賓卡，送給她的好朋友、經常幫襯的街坊，和獨居的公公婆婆。買菜算他們便宜一點，而且買菜不止送蔥，還會送番茄、薑和蒜、蘿蔔或洋蔥。這實在是創街市的先河。

生意好起來，賺錢多了，有人便跟呆媽説，有錢為什麼不買大笨象呢？買大笨象賺錢容易啊。呆媽和丈夫商量後，買下了幾頭大象，還把牠們養得肥肥白白。幾年後，她在一刀剪不遠的舖位，開了「呆媽餐廳」，提供雜菜沙律、雜菜煲、雜菜炒麪，菜式全是新鮮瓜菜做的，美味極了。

由買菜到開餐廳，呆媽又創喜樂街的先河。可惜好景不常，今年年頭，海嘯侵襲，大笨象從此沉到海底，不再值錢了，呆媽賣掉餐廳，回到街市，跟丈夫一心一意打理菜檔。她説，餐廳的一切，就像一場夢。

從那天起，喜樂街的街坊，又常常看見呆媽坐在玉米、車厘茄、雞髀菇和甘筍中間，捧着飯盒，一口一口的扒着飯。

粉白的牆上貼着幾張照片，大家且看一看：

照片一：

照片色彩已經泛黃，看來年代久遠。圖中是一片田地，種滿蔬菜，長着雜草，遠方有頭牛低低走路，天空下是連綿山脈，這座山看來很熟悉，好像是馬蹄山。有一個人站在菜田前，在一棵樹下，他留着長髮，穿着汗衣和短褲，樣子黑黑實實，笑起來，從爆牙你便會認出，他是米高。

米高年輕的時候，喜歡郊遊，每逢假日，便會跟朋友同事走去看瀑布、釣魚或登山。二十年前，他登了馬蹄山，那時候還未有星際列車，巴士也不會駛到這地方。要登馬蹄山，可要途經三少田，走很長很長的路。米高在山上俯望，根本找不到喜樂街和平安街，馬蹄山衞星城市還沒興建，到處只有菜田、石屋和牛糞，再往前面看遠一點，大海啊，天空啊，只要輕輕呼吸，便會嗅見海水的氣味。

他和友人從山上下來，走在散落在馬蹄山的村子裏，紛紛說，空氣真清新，風景真美麗。他們邊走邊唱歌，下田的農夫不但沒有覺得煩厭，還跟他們揮手打招呼。這個農夫真友善，米高說。於是，他在田地前，大樹下，請朋友替他拍照，相機發出「咔嚓」一聲，天空、水牛和笑容，都凝止了，停在照片上漸漸發黃。

照片二：

這張照片，色彩比較正常，只有一點褪色。米高在照片裏，臉帶笑容。這時，他已經剪了短髮，身穿夏威夷襯衫和牛仔褲。他的左邊，是個踏單車的女孩，樣子看來四、五歲，草菇頭，穿紅裙子。她是米高的女兒，那麼可以猜想，幫他們拍照的，是米高的太太了。在米高右邊的，是一棵大樹，因為長得高大，沒有能全部拍下來，只見樹幹和部分枝葉。背景是公園，有花有草，木椅和欄柵。

那些年，公園管理員常常見到米高、他的太太和女兒。一家三口，每星期都會到公園去，女兒打鞦韆、踏單車，米高就在一旁拍照。他是什麼時候喜歡拍照呢？大概就是女兒出生以後，一個小小的嬰孩，幾乎天天在變，今天長胖了，明天長高了，過幾天便長出牙齒來。公園管理員很高興見到他們，他們這麼年輕，又有活力。

——來，我幫你們拍照。

管理員說。

——不如你跟我女兒合照吧。

有一張照片（沒有貼在這裏），就是公園管理員和米高女兒的合照。米高說，你在這裏工作多久了。三個月。管理員答。米高坐在木椅上，滔滔不絕地告訴他，這個公園，從前是田地，公園不遠處的住宅大廈呢，也是一望無際的菜田。再往前一點便是海了，但現在海已經愈來愈遠，若不是住在租金昂貴的樓宇高層，根本看不見。米高又說，這棵大樹啊，許多年前就在這裏，我家中還有張照片，是我在樹下，朋友替我拍的。那時它只有兩個人那麼高，你看，現在它快要長到三樓了。真懷念牛糞的氣味，汽車噴出的廢氣要臭得多了。

公園管理員聽完，笑呵呵的說，你說的除了這棵樹，其他我都知道，你看我的皺紋，難道我不比你老嗎？

照片三：

任何人看到這張照片，馬上便會認出那大樹，從前它不是種在田邊，種在公園嗎？怎麼它的四周，會圍起棚架、磚頭和鋼筋呢？花花草草不見了，樹下是翻得稀爛的黃土，好像有人在樹根藏着寶藏。有些人在附近，穿着螢光黃的工作服，頭戴安全帽，他們樣子都好兇，有人指着看照片的你，有人彷彿破口大罵，有人甚至跑過來，像要打人的樣子。

看照片時，我們總是忘了拍照的人，拍照的人想別人遺忘自己，只記住照片裏的事物，所以米高今次躲在照片以外。他掛着相機，鑽進鐵絲網的破口，踩過水窪，在工地裏團團亂轉，又要躲開建築工人，簡直跟特務沒有兩樣。好不容易給他找到那棵大樹，他躲在一包包的建材後面，左看看，右看看，除了看看有什麼工人，也看看這個地方。

這兒真陌生啊，他想，從前的菜田哪裏還剩痕跡呢？水牛都移民到山上吃草了。幾年前的公園也沒有什麼留下來，女兒踏單車壓下的轍痕，都變了堆土機的履帶壓痕了。隆隆隆像坦克一樣把什麼都推倒，唯有大樹留在這兒，它是馬蹄山轉變的見證啊。

米高從建材包後走出來，還未做好對焦，工人便發現了他。他們說，你幹什麼？快放下相機，投降。有人還用粗言穢語問候他，工地主管用手拍拍旁邊一塊大木板，示意米高要遵守工地守則，那些守則大半是這樣的：

安全第一
不得偷懶第二
不得拍照第三
不得說冷笑話第四
不得偷吃混凝土第五

米高顧不了這班人，拍了照片，連忙抱着相機逃跑。他繞過沙堆，跳過水窪，從鐵絲網的破口鑽了出去。背後不斷有人問候他家人，米高感到很生氣，不過算了，他只愛拍照，不愛打架。

第二天，工人便把鐵絲網的破口封住了，從此只有老鼠和貓咪能夠穿進穿出。

照片四：

照片裏是兩個女人，一個是米高的女孩，看樣子已經是初中生了。站在旁邊，搭着她肩膀的，是米高的太太，笑起來跟女兒一樣，都有淺淺的梨渦，和整齊的牙齒。

兩人背後是馬路，馬路對面，是一個簇新的屋苑，粉藍色的住宅樓宇緊靠着，有點假扮天空的意味。住在喜樂街的人，一眼便會認出，這是幾條街之隔的屋苑「藍天海浪」，據説住在裏面的人，都能看見窗外的大海，也可以伸手撫摸天空。每年三月過後，候鳥便會從這個城市起飛，要回到牠們在北方的故鄉。對牠們來説，這個城市不過是度假區而已，那似這兒的人把它當成家呢？不過自從「藍天海浪」興建後，候鳥便遇到麻煩，只因樓宇的外牆色彩太似天空，牠們從山裏飛起來，啪啪啪便撞在牆上，一隻隻暈倒了。

其中有一隻候鳥，飛得比較慢，看見前面的同伴撞到什麼，便馬上改變飛行角度，僅僅擦過樓宇外牆。不過，牠無意中飛進屋苑的中庭，被多幢樓宇包圍着，哪兒是樓宇？哪兒是天空？牠團團亂飛，頭暈轉向，不久便累了，只好停在中庭的一棵大樹上。

——小鳥，我們第一次見面啊。

大樹說。

——你好，我想自己被困了。

小鳥吱吱地說。

候鳥將同伴和自己的遭遇告訴大樹，大樹默默聽完，然後說：你等到日落，朝着夕陽的方向便可以飛出去了。候鳥謝過大樹，聽到它繼續說：

——你可以幫我做一件事嗎？

——是什麼呢？

幫我問候大海。大樹歎息着說，我們已經很久沒見面了，從前我在田裏，只要抬起頭，便能看見它。後來再沒有人種菜，四周改建成公園，有許多年輕的樹陪伴着我。雖然與海疏離了，但還不至於寂寞。現在呢，我被困在這裏，連飛也飛不出去。

候鳥答應了，儘管牠不大明白。日落的時候，牠飛出藍天海浪，俯衝進大海之中，將大樹的問候語交給大海，然後便往北飛走了。

這些照片，都貼在米高的沖印店內，使這間昏暗小店，變成馬蹄山歷史展覽館。

◇ ◇ ◇

阿髮的寫字桌，放在教員室角落裏，那是個靜好的位置，有窗，窗外是年輕活潑的鳳凰樹。寫字桌的款式，跟其他老師的都一樣，都是學校集體訂購的。寫字桌用不鏽鋼造，桌面鋪一片玻璃，大小足夠放電腦、文具，和數之不盡的作業。

寫字桌有九個抽屜，大小不同，阿髮分別在裏面放了行政文件、課本、參考書、文具、學生送的禮物、替換衣物、零食、手提電腦和雜物。每天，教員室裏傳出的，就是老師們開合抽屜的聲音，聽起來真像一首合奏的敲擊樂章。如果一個老師，不善用抽屜，把自己的東西分門別類擺放的話，他可慘了。桌面總是堆滿未批改的作業，誰也找不到要找的東西。

阿髮很愛教書，她的榜樣，是從前教她的班主任。做個盡責、良善、細心的老師，將學生們培養成材，是她的願望。每天六時起牀，七時半回到學校，上課下課，然後留在教員室改作業，六時左右回家，繼續改作業。作業改好當然是休息時間，不過，作業是改不完的，假日，繼續改。她從來沒有怨言。

直到幾年前，校長突然宣佈，教育局有命，學校要改革，跟隨經濟上揚步伐，全體學生的成績，只許增長，不許負增長。有的老師聽了，非常緊張，方寸大亂，也不懂得教書了。阿髮決定使用一個舊方法，她在每個學生身上，掛一個鬧鐘，這鬧鐘預先調校成每半小時響一次，藉此提醒學生珍惜光陰，按時間表做事。

於是，學生在校裏吃早餐，跟同學聊天正聊得高興，鬧鐘突然響起，告訴他們是時候轉換工作了。他們便掏出課本來備課，直到鬧鐘再響，排隊上課去。回到家裏也是一樣，做功課、玩遊戲機、吃飯、洗澡、談電話、上網找資料，全是在每半小時響一次的鬧鐘聲之間做的。除了睡覺和上課，全班學生都掛着鬧鐘。為了配合他們的步伐，阿髮也掛了一個鬧鐘在胸前，她從前就是這樣通過升學試的。

阿髮是老師，也是學生。每逢星期二和星期四，下班後她便會參與教師進修班。有時學語文，有時學資訊科技，科目層出不窮，比學生要唸的還要多。下班回家，已經十時左右了，阿髮坐在寫字桌前，亮起小燈，開始攻城大戰，跟包圍着她的作業，拼過你死我活。有時，她會累得睡着了。她說，如果自己有夢遊症就好了，一覺醒來，所有作業都改好，那麼，起碼可以吃頓安心的早餐。

——為什麼要這樣辛苦呢？

阿果問。

——因為要創造美麗新世界。

創造美麗新世界，是阿髮少年時便立志要做的事。在她的枕頭底下，藏着一本拍紙簿，記下她的願望，一個是到世界各地去旅行，另一個是將來長大了要創造美麗新世界。

第一個願望，到現在還未完全達成，畢業至今，她去過台灣、上海和日本旅行而已。第二個願望，其實跟阿果和阿木的一樣，只是方法不同，阿果要為全世界的人換個合適的髮型，阿木則想找出世界那壞掉的零件，把它修好。

不知不覺，又到了六月。這個晚上，阿髮跟隨着許多人，在維多利利公園裏排排坐，像小學生那麼乖巧，默默無聲。他們手裏都捧着燭光，火光在微風裏擺動，像是帆船在黑暗裏搖呀搖。中學畢業後，阿髮每年今日都到這地方，遙遙的看着台上，有人演説，有人唱歌，她跟着台上的人默禱，祈求許多年前，被子彈打死，被坦克輾死的學生得到安息。阿髮想，那些學生啊，雖然年紀比自己還要大，但他們跟自己的學生一樣，都那麼單純和善良，有理想。創造美麗新世界，上一代的學生辦不了，唯有寄望這一代的學生吧。

回到家裏，她在寫字桌上攤開信紙，寫一封信給教育局局長，是這樣的：

親愛的教育局局長：

你好。我是阿髮，是個教師，在大圓咀官立中學任教已經三年了。我很愛我的學生，為了讓他們的成績有進沒退，符合你們要求，我在他們身上都掛了鬧鐘，提醒他們定時溫習和做家課。我想，要是我的學生能符合你們的要求，他們便能順利升學，接受高等教育，做個有用的人了。

我從前也是這樣，勤力到不得了，於是我哥阿果，便給我起了一個名字，叫發條髮。我像個上了發條的玩具，不停地工作，不停地溫習，而且一天到晚掛着鬧鐘做人。溫習半小時、踢毽子半小時、做家務半小時……

不過，我發現，我的學生漸漸對任何事物都不感興趣。他們一天到晚跟書本和作業打交道，聊天的話題也離不開考試，玩遊戲也忘不了分數。他們說，老師，你不要在課堂上講文化，講藝術，講社會上發生的事，如果這些不是考試的範圍。你給我們講講，下次測驗考試，會出什麼樣的題目吧，你告訴我們答題技巧吧，我們會很專心上課的。

有一次，我大膽地不用課本上課，也不依教育局的指引（請你不要介意），我給學生一堆玩具，都是我小時候玩過的，例如波子、紙飛機、毽子、皮球、積木和七巧板。我希望他們可以輕鬆地上課，不料他們對這些玩具提不起興趣，有女生問我說，這些東西是怎樣玩的？老師你告訴我們吧，我們不要自己想。有男生又問我說，這些玩具有攻略本嗎？

親愛的教育局局長，我把自己做教師的經驗和感受都告訴你了。我想，我們的學校，我們的社會，需要的不是這樣的學生，但為什麼我跟足你們的指引，卻教出這樣的學生呢？如果我做錯了什麼，請你回信告訴我，我希望，下次給你寫信，是給你報好消息，或者寫寫我在學校裏的開心事。祝好。

你的朋友　阿髮上

第二天，阿髮回到學校，在班主任課節裏，跟還未完全睡醒的三十多個學生說：各位同學，你們或許知道，或許不知道，這個世界有多壞。我們讓你們來到世界，卻沒有為你們建造一個理想的環境，實在抱歉。我們明知世界不好，但無能為力，我們太懶惰了，除了道歉，還可以說什麼呢。但你們不要灰心，這個世界會好起來的，因為你們來了，看見了，經歷了，請趁年輕的時候，按你們的想法來創造美麗新世界。如果連你們都做不來，請把這番話告訴你們的學生或孩子，我相信，有一天世界會變得完美無缺。

說完，阿髮便吩咐學生，除下胸前的鬧鐘。她把三十多個鬧鐘堆在一起，等它們在十二分鐘後一同大叫，吵醒學校裏所有的人。之後，鬧鐘都睡覺去了。

5

偷走碼頭的機械時鐘後，阿木一直把它保存得很好。碼頭被拆之後大半年，警察四出調查大鐘的下落，又翻看碼頭被拆當日，傳媒和市民拍過的照片，他們發現，偷走大鐘的，是個扮作碼頭鐘樓的人，簡稱鐘樓怪客。從幾張照片可見，鐘樓怪客抱走了大鐘，但沒有人拍到他往哪個方向逃走。

於是警方決定，在城市各處安裝監察眼，看看有沒有類似鐘樓怪客的人出沒。結果呢，當然是一無所獲。阿木的鐘樓怪衣，不過是問朋友借來的，碼頭的機械時鐘，已經被他藏在秘密地方了，現在他每天足不出戶，躲在電腦維修店裏，跟無線電收發機打交道。

阿木用電腦語言跟無線電收發機打招呼，無線電收發機自然不予理睬，阿木唯有託我到圖書館借來無線電語自習書，又到七十一便利店買雜誌，讓他廢寢忘餐地學習解剖無線電收發機。由早到晚，我都會聽見無線電收發機吱吱沙沙地叫，說好癢啊，好痛啊。阿木便安慰它說，很快便好了。

話說回來，自從警方到處安裝監察眼，有些人便感到厭煩了。從前，政府為了教導市民，不可隨地丟棄垃圾，便隨處貼雙眼睛，意思是說，「不要以為亂拋垃圾無人知，我看着你了」，那雙眼睛是女人的眼睛，眼神帶點責備，但還不算是兇巴巴的。但監察眼呢，像科幻電影裏的機械人一樣冷冰冰。它們一天到晚瞪着眼，不眨也不睡，把人都盯得煩死了。本來監察眼是好的，它們拍下壞人犯事，讓警察去抓他們，但現在監察眼滿佈城市，給人的感覺是壞人滿天下，而且好人當賊辦了。

阿木和網友在討論區裏，談到監察眼的事，P君說：現在我每天戴帽到七十一買報紙；R君說：聽說許多監察眼是假的，沒有裝電池；I君說：管它真的假的，給人盯着便覺難受了；V君說：有的監察眼像針眼一樣小呢；A君說：這麼小拍什麼？C君說：拍女明星的毛孔吧；Y君說：阿木，你店裏有監察眼嗎？

怎麼沒有呢？阿木說，你我的 webcam 就是監察眼了。說到這裏，熒幕忽然漆黑一片，各君把自己的網絡攝影機關閉了。

冬日的某天，芒角一如平常的人來人往，街上有人唱歌，表演噴火，和大象跳舞，活像一個嘉年華會。這裏是全城最繁榮最擠逼的地方，人口密度每平方公里有十三萬人，真是連蒼蠅也飛不過。天文台說，氣溫只有十三度，但由於芒角人太多，氣溫被推到十八度左右，有人除下大褸，解開頸巾，可以喝汽水，吃雪糕了。

就在這時候，一個膠瓶忽然從天而降，看見途人，便吐出胃裏的液體。這些液體像毛雨一樣，濺在途人的手腳、臉龐和衣服上。有人說，下雨嗎？

天色明明很好。話才說了兩句，途人的衣服便燒穿了，他們的手腳和臉，好像被火燒的刺痛起來。

——有蜜蜂螫我嗎？

——有人用刀刺我？

他們說。

不一會，警方來了，把他們送到醫院，然後封鎖芒角那一段路。警察說，這膠瓶是有人從大廈掉下來的，瓶裏是會咬人的食人水。為了找出疑犯，警方決定翻看監察眼拍下的錄像片段。原來在芒角那條路上，總共有二千一百零七個監察眼，它們拍下的片段，是七百多部電影那麼長。

警察翻看片段的同時，拋膠瓶的某先生，在芒角某幢大廈的住所裏，因着失眠而心煩。他討厭監察眼，但偏偏有十數部監察眼望着他的住所，上廁所的時候，他也能夠跟監察眼對望，好像監察眼在提醒他，上完廁所要洗手啊。後來他把家裏所有的窗戶都封住，寧願連天空都放棄了。不過，每天走到街上，監察眼還是與他打招呼。你好啊，我看見你了。它們說，某先生非常生氣，決定要用食人水咬監察眼，讓它們知道自己的厲害。

結果大家都知道，某先生的數學很不濟，他拋出膠瓶的力度、角度和高度全部錯誤，結果便咬傷芒角的途人了。

警察嚼着爆米花，看完七百多部電影，片中不外是天空、飛鳥、鳥糞、偷懶的路燈、違例泊車和無牌小販。沒有一隻監察眼拍到某先生，因為某先生並沒有在自己住的大廈掉膠瓶，而且他易容了，跟鐘樓怪客一樣，扮成膠瓶怪客。

警方決定，懸紅三十萬元捉拿掉膠瓶的人，並在芒角加裝二千隻監察眼，要疑犯無所遁形。恰巧那時海嘯剛至，淹了許多公司，大家失業了，見警方懸紅三十萬，便一窩蜂去捉拿疑犯。某先生躲在家裏，誰捉得了他？那些人為了找出某先生在哪裏掉膠瓶，紛紛上到芒角各幢大廈，在不同樓層、不同角度試拋膠瓶，於是每天都有幾十個膠瓶從天而降，在街上砰砰啪啪跳來跳去。

幸好瓶裏只是清水，不會咬人。從此，芒角多了一個全民拋膠瓶活動，每年冬天舉行，還寫進了外國的旅遊指南和列入世界紀錄大全。

這天，太陽還沒升起來，馬蹄山的鳥兒已經在啼叫，提醒喜樂街和平安街的路燈，下班時間快來了。阿木叫醒我，我們洗把臉，然後打開電腦維修店的門，升起鐵閘，走過喜樂街，跟七十一便利店的波子打招呼，再到平安街，這時莉莉等在樹下，見到我們，便跟在後面，一行三人，在一盞一盞的

路燈下走，往海邊去。

阿木說，有個地方看海最好。我和莉莉跟着他，跟許多樹木打招呼，然後是郵箱、垃圾桶、天橋柱、路障、天秤……這個地方，好像似曾相識，但又很陌生啊。

——這是什麼地方？

我問阿木說。

——這是工地，全城的工地都一樣的啦。

阿木攤開雙手，介紹說。

這工地，跟其他的一樣有起重機、堆土機、土包、水喉和鐵管，不過這地方又有點不同，大部分工地建的是樓宇，這工地建的是天橋。這天橋由馬蹄山，連接到三少田、大胃，再穿過尖山到荔枝國，在我們看來，彷彿是一條長長的蛇，無止盡的伸延到遠方。阿木帶着我們，一直走到天橋盡頭，那兒再沒有路了，因為天橋還沒建好，只見有些鋼筋從橋身伸出來，好似天線指着天邊，而那是東方，日出之處，我們看見一顆晨星在海面上。阿木說，那是外太空給我們的信息燈。

這是阿木除了電腦維修店，唯一會去的地方，他足不出戶，怎麼知道這裏？原來是網友告訴他的，他利用網上地圖，找到從喜樂街到這兒的路。其實，這兒離喜樂街不遠，從前根本沒有這片土地，從前這兒是海，至於什麼時候由海變成地，有興趣想知道的人，可以到米高的馬蹄山歷史博物館參觀。

這時，莉莉放穩三腳架，擺好相機，而我和阿木則把路上買來的早餐擺開，有炒麪啦、炸油條啦、吐司啦、香腸和太陽蛋。阿木到這兒好幾次了，我和莉莉是第一次，她一聽見到未建好的天橋上拍照，高興到不得了。她喜歡拍照，在三腳架上的是專業數碼相機，而她手上，幫我和阿木合照的，是婆婆留給她的菲林相機。

在馬蹄山，現在只剩下莉莉會到米高的店沖印菲林照片。

我們吃了一半早餐，太陽便出來了。陽光像無數小船，從天邊慢慢駛來，馬蹄山的一切，本來蓋着一塊藍布，這時好像有隻無形的手把它揭開，使我看見大海、山巒和樓宇，深藍色的世界忽然金光閃閃，每家每戶的窗子，每片樹葉，都變成金黃色了。莉莉按下數碼相機的快門，將照片題名為「馬蹄山日出」。

——我想出海看座頭鯨。

我望着明亮的大海，忽然想起來說。

——好啊，我還沒拍過鯨魚。

莉莉說。

——去吧，還想什麼？

阿木手裏拿着油條，說完這話，站起來，向我和莉莉發表偉論說：我忽然明白了，世界是一個工地，這工地從來未曾竣工，而且還會一百年、二百年、一千年的興建下去，誰知道哪天會完工？既然世界從未建好，那就沒有什麼所謂的故障和壞零件了。我們要做的，是一起努力興建世界，興建一個完美無缺的世界！

聽完，我跟莉莉鼓掌叫好。阿木把半條油條塞進嘴裏，看看手錶，叫我們收拾東西。我起來，看看天橋底下的工地，駛入一輛黃色的貨車，十多個頭戴黃帽的工人在車尾坐着。我和阿木連忙收拾東西，莉莉抱起相機和腳架，三人一起跑下天橋，像玩滑梯一樣飛快，太陽在我們背後照耀，莉莉和我的影子重疊在一起。

離開工地，阿木獨自回電腦維修店去，他除了天橋工地和自己的家，什麼地方都不會去。而莉莉，除了自己的家，什麼地方都懂得去。我帶她回到平安街，問她說：

——你記得自己住在哪兒嗎？

她搖搖頭。她連藍色郵箱也忘了，似乎有關家的所有事，都會從她腦海消失。我教她回到居住的地方，那是平安街四號三樓。村屋門口有一排郵箱，她的郵箱是藍色的，對我來說是個記號。

——你想上去坐坐嗎？喝杯咖啡便會精神了。

她說。

莉莉的家是個方形魚缸，除了沉重家具，所有輕盈的東西都浮在半空。我甫進門口，便看見數之不盡的照片，在房子裏飄來飄去。我用兩隻手指抓住一張，相裏是一個看似五、六歲的短髮女孩。這是我。莉莉說。

這些是上次婆婆從外國寄回來的。她說着，隨手在半空撿來幾張照片，遞給我。她婆婆滿頭白髮，不過在屋子裏，在白雪下，在大瀑布前，都笑得很快樂。莉莉告訴我，她幾歲大便跟家人移民到外國了，兩年前，她獨自回來，這個城市雖然面目全非，但仍有熟悉的氣味，她希望拍多些照片，寄給懷念這城的婆婆。

只要莉莉說一句話，這些象徵回憶的照片，便會分門別類，組織成一個一個故事，有她兒時學走路的，有她在外國上學的，有她和前度男朋友的，有關於她工作的。工作時，她會等美麗的模特兒、美麗的菜餚、美麗的產品站在鏡頭前，然後為他們拍照。工餘的日子，她會去尋找街上平凡而有靈魂的人物，平凡卻有美感的事物，主動為他們拍照片。

莉莉不是空姐，也不是旅行家，她是個攝影師——照片的魔術師。

6

除了政府官員，城裏還有一羣人，喜歡喝紅酒。每個月的某個星期日，他們都會聚在一起，舉起手中的小杯，杯裏的紫紅蕩來蕩去；這是神聖嚴肅的時刻，考定力啊，杯很淺，要小心弄濺杯裏的酒。等台上的人唸完一大堆話，他們一同「咕」一聲的喝光杯中物。小朋友或喝不了酒的，就喝葡萄汁吧。顏色跟紅酒很似的，不過阿果離遠一嗅便能分出來了，紅酒有發酵後特有的果味，有佻皮活潑的香氣。

他們喝酒，也吃餅，餅是薄薄的一片，白色的，像雪花，幾乎沒有味道。這麼小的一杯酒，一片餅，吃不飽人，但他們看來很滿足，阿果覺得真奇怪，也很好奇，他想嚐一嚐，但他們說阿果是第一次來的，等他更認識那個人，便可以跟大家一起喝酒吃餅了。

他們說的那個人，是個男的，已經死了。他們喝酒和吃餅，是為了記念他。因為酒是他的血，餅是他的身體。阿果想，這幫人是吸血殭屍嗎？不會的，他們都是馬蹄山的街坊。他們記念的，就是人們講耶穌時，提到的那個人。他們說，他死了，又復活了，現在離開了地球，去為我們預備美麗新世界，有天他會回來的。這時，愛麗斯在講台上，帶領大家說，阿門，阿門，然後聚會結束了。

愛麗斯在一刀剪認識阿果，當阿果為她修剪長髮的時候，她便跟阿果談論耶穌。阿果平時很愛跟客人聊天，但今次他搭不了腔，對耶穌他一無所識。他以為只要不作聲，愛麗斯便會感到沒趣，打住話題，但她似乎比發條髮更厲害，可以把話說個沒完沒了的，更離奇的是她有空便會到一刀剪來，不是為了理髮，而是探望阿果，想與他聊聊天。

愛麗斯說，小時候，她曾經夢遊仙境。在仙境裏，她遇見會說話的兔子，像人一樣活動的紙牌，愛玩塔羅占卜的紙牌女皇。除此之外，還有孫悟空、邱比特，每晚來到愛麗斯夢裏，與她嬉戲。起初，愛麗斯感到很快樂，很喜歡睡覺，但後來那些神仙、動物，教她吸煙、打架、撒謊，還要她吃呆仔糖，她很害怕，但沒有辦法，只要一睡覺，心裏便好像打開一扇門，讓他們洶湧進來。

愛麗斯試過用衣夾撐開眼睛，三天三夜不睡覺，又試過跟心理學家聊天，但都沒有用。直到有天，朋友送她一本很厚很重的黑色書，和她一起讀耶穌的故事和教訓，然後她們一起閉上眼睛，跟耶穌聊天，唸阿門，阿門。那天開始，心裏的門便安裝了門鎖，為我擋住仙境的壞朋友了。她說。

——我也有這本又厚又重的童話書。

阿果說。

——這不是童話書，是地圖。

愛麗斯說。

從此，愛麗斯不再顧着做夢了。她常常到喜樂街探望街坊，為公公婆婆和小孩，帶來需要的東西。後來，她更幫忙照顧呆媽的兒子。她跟住在喜樂街的居民和商戶說，來，我們一起去唱歌，開開心心的，為一日三餐感恩，為我們有工作、親人和朋友感恩，連一口空氣也值得感恩。

愛麗斯挨家挨戶的探訪，跟大家說，來，一起聽耶穌的教訓，喝酒和吃餅記念他，一起唸阿門，阿門。說完這些話，她便獨自離開那兒，往下一家商戶去。沒有多少人聽從她的，但她還是快快樂樂，阿果看着她的背影，想到自己賣紅酒，還比她容易，但要像她一樣快樂，卻彷彿難比登天。

離家出走後第十五天，是星期日，阿果跟愛麗斯一起去聚會，會後問她說：為什麼耶穌不馬上接我們去美麗新世界？我妹阿髮等得不耐煩了。愛麗斯翻翻那本又重又厚的書說，鳥兒出生不會飛，寶寶不會用腳走。我們本來是住在美麗新世界的，但被逐出來了，等我們預備好，時機成熟，便能夠回到那兒。阿果聽着，好像明白，又好像不明白，他頓了頓，問了一個更關心的問題：

——你們需要買些紅酒嗎？

——紅酒？不用了。我們杯裏的，是葡萄汁而已。

◇　◇　◇

呆媽餐廳原址，不久便換了個樣，掛上新招牌「老昌陳中西藥房」。從那天開始，藥材的甘苦和草木氣味，便像蝴蝶在喜樂街到處飛，並降落在葉子、路面、垃圾桶、士多的糖果，和各式各樣的東西上。不過，每間店都有自己的氣味，到處飛舞，例如一刀剪有洗髮水氣味、沖印店有沖印藥水氣味、七十一有冰凍櫃的氣味、餐廳有牛腩麪的氣味。不同的氣味蝴蝶飛來飄去，老昌陳中西藥房的老闆（不是老昌陳，而是老昌陳的孫兒小陳），有時也會捉住一隻兩隻，嗅嗅有沒有各街坊的氣味，從人身上發生的氣味，加上中醫師的鼻子，他便能大概分辨出，那個人有沒有生病。

今天，下午的太陽很猛烈，莉莉下班回到喜樂街，拖着沉重的行李箱，箱裏全是攝影器材，有相機、濾鏡、腳架、電池、測光錶、閃光燈，等等。行李箱的輪子在柏油路上咕嚕咕嚕地響，這時阿果無所事事，閒站在電腦維修店外，看見莉莉在老昌陳中西藥房前停住腳步，以為她又忘了回家的路，便上前跟她打招呼。

——這兒發生兇殺案了。

莉莉卻莫名其妙的說。

——誰被殺了？

阿果大驚。

莉莉指着藥房門外，塞滿雞骨草的紙箱底，死者原來是隻老鼠。老鼠的死狀是這樣，四腳朝天，尾巴蜷縮，灰毛有點濕淋淋的。

——是中毒嗎？

阿果問。

莉莉搖搖頭，然後從隨身小袋子裏掏出菲林相機，拍下老鼠的照片。老鼠的死，可能跟天上的鳥有關，馬蹄山的樹林裏，住了幾頭鷹，不時在天空盤旋，尋找獵物。莉莉說，不是鷹做的，鷹怎會掉下食物而去呢？那麼，可能是野狗吧，平安街後面的小山，匿藏着一羣流浪狗，本來都是寵物，後來被人拋棄的。莉莉說，不是牠們，除非肚子餓，否則狗並不會為難老鼠。那麼是老闆小陳吧？藥房有老鼠，他一定除之而後快。

莉莉說，不是陳老闆，人類對付老鼠的方法，是用毒藥、沸水和掃把。你看這老鼠，身上一點傷痕也沒有，又不似餓死的，死因成謎啊。阿果說，牠吃了雞骨草吧，說不定雞骨草是治老鼠的。莉莉蹲下來，看看盛着雞骨草的紙箱底，沒有被老鼠咬破的痕跡，於是也推翻了這個假設。不過她發現了一項線索，就是老鼠毛散在地上，她和阿果沿着老鼠毛的散落軌跡，一直跟蹤，不知不覺繞到藥房的後面，看見一個慵懶的身影，在一箱未開封的奶粉上曬太陽。

——發現疑犯了。

——原來是大粒痣。

莉莉說。

大粒痣是小陳養的貓，有雙黃眼睛，頸項有一圈黑毛，其餘的短毛是全白的，腳掌是粉紅色。牠的臉上，有顆大黑痣，在鼻子旁邊，讓人一眼看來，以為牠長了個歪鼻子。一刀剪的老闆，不就是叫牠大鼻嗎？

莉莉過去摸摸大粒痣的毛，親親牠。大粒痣只想午睡，沒有掙扎，事實牠也不怕人，每天在老昌陳中西藥房出出入入的人，都會跟牠玩耍，牠習以為常了。牠喜歡與人親近，喜樂街上沒有很多貓，流浪貓都住在平安街那邊，牠們常是莉莉攝影作品的主角。大粒痣張開嘴巴打哈欠，莉莉和阿果都看清楚，牠的牙縫間，有灰黑色的毛。

一般的貓，都喜歡捉老鼠、小鳥和蟑螂等小動物，食物和獵物，牠們總是分得很清楚。食物是貴價的貓糧，獵物是小動物，每次看見這些上發條一樣狂奔的小東西，牠們都會興奮得發狂，又跑又跳，直到把牠抓住為止。

大粒痣厲害之處，是牠連這些運動量也省了，從來沒有人知道，牠是怎樣捕捉獵物的。如果我們換一個老鼠的角度來看，事情是這樣：有天，你從巢穴出來，尋找食物，不知不覺走到藥房，你先躲在陰暗角落，這裏隱約有食物的氣味，但又被濃濃的藥材味遮掩着，不過這樣也好，就連你身上的老鼠味，也一起隱藏了。你很快便鎖定目標，藥房的廚房，那裏不但煮中藥，還會炮製老闆一家大小和員工的晚餐。你走到雞骨草的箱子下面，門口就在眼前，只要什麼都不管，衝進去便可以了。你衝，竟發現門口坐着一隻動物，看起來像貓，你一抬頭，發現這貓長得奇醜，像怪物一樣，你被嚇得心臟病發，眼前一黑，便什麼都不知道了。

大粒痣從來不會捕捉獵物，牠是嚇死獵物的。因為那顆黑痣，變出古怪的鼻子，塑造出奇特的貓樣，不但老鼠，壁虎、蟑螂等等都無一倖免。這樣的本事，沒有叫大粒痣快樂，反而帶來煩惱，連動也不動，便制伏獵物，哪有樂趣呢？牠又如何做運動呢？於是，牠習慣抓一抓倒下的獵物，或是咬一咬，看是不是真的死了。唉，長得這個貓樣，大粒痣也不想呢。幸好，小陳沒有因此嫌棄牠，喜樂街的人也愛牠。

不過沒有多少人知道，大粒痣是隻患憂鬱病的貓。有段日子，電視新聞不時報導一些虐殺動物事件，有人在家外裝陷阱，捕殺附近的流浪貓；有人則去獵殺猴子，好像玩電腦遊戲一樣。大粒痣愈看愈不開心，從那時開始，牠常常沒有胃口，睡不着覺，感到惶恐不安，對身邊事物失去興趣。早上，牠會感到四肢乏力，沒精打彩，等到下午，牠的心情才會稍稍好轉，在陽光下午睡，是唯一令牠感到舒服的事。

——大粒痣，看這邊。

——吱吱。

莉莉扮老鼠的叫聲說。

大粒痣是莉莉深愛的模特兒，在她家裏，浮游的照片中，相信有過百幅是大粒痣當主角的。莉莉説，牠的樣子獨一無二，而且有其他貓咪身上找不到的憂鬱氣息。大粒痣並不介意莉莉的騷擾，什麼事牠都沒所謂，天那麼高，地那麼大，喜樂街每天都人來人往，熱熱鬧鬧，只要這刻可以睡一睡，便是牠做貓的最大心願了。

一刀剪門外，有個紅白藍色的旋轉燈，只要你定睛看三十秒，必定頭暈。旁邊是一大片座地玻璃窗，讓人從外面望進去，看別人洗髮、電髮、做負離子時的樣子。玻璃窗上貼着各項服務的價目，例如學生優惠價、陶瓷曲髮新技巧、另加十元護髮素費用，等等。另外，還有兩張海報，一張是男模特兒，梳着新鐵金剛的短髮；女模特兒在另一張海報上，梳着日本少女雜誌裏常見的長髮，樣子爽朗活潑。

這兩張海報，貼在這裏大約有兩、三年了。這類海報是常常替換的，有時貼幾個月，有時貼幾個星期，然後換上明星的造型照。這兩張還沒撕下來，背後原因是每個住在喜樂街附近的人都知曉的事。曾經，這是他們茶餘飯後的話題，後來，大家都習以為常了。如果你學阿果，閒來沒事站在電腦維修店，或一刀剪的門外，定會看見一個少年人，忽然在髮型屋門口出現，站上幾個小時，口裏念念有詞的說：

——你今天好嗎？

——工作累不累？

那個少年，跟誰說話呢？起初，阿果以為他問自己，後來又以為他跟同事阿美說話，阿美做洗髮的，人長得可愛，有不少學生哥粉絲。阿果又猜錯了，阿美出外午飯，或是買東西，少年連看都沒看她一眼。最初的最初，只有大粒痣知道，少年愛上的，是海報上的女模特兒。

阿木是第二個知道的。他足不出戶，怎麼知道呢？原來網上討論區，早已大談那位少年了，網友給他取名「海報獨男」。D君說：有沒有人拍到那海報的照片，我想看看。O君說：其實我也是獨男。K君說：阿木，你住附近，派你去拍照。U君說：這算是戀狂癖嗎？O君說：其實我也是獨男。T君問：獨男？是不是日語？指那些欠缺異性緣的單身男性？O君說：我說我是獨男啊。K君說：這種事早有人寫過，你們可以看可洛的《她和他的盛夏》，那篇叫〈她〉的小說。O君說：我是獨男，有人聽見嗎？

阿木對海報獨男沒有興趣。聽說，他每天都會在一刀剪門外出現，含情脈脈的看着海報，與女模特兒四目交投。他倆有說不盡的話，如果可以，他也許會待在那兒一輩子。只是，每天傍晚時分，呆媽都會從菜市場過來，把海報獨男拉回家。

海報獨男就是呆媽的兒子，又稱阿呆。

——你和誰説話？

這天，好奇的阿果跟海報獨男説。

——栩栩。

——誰是栩栩？

海報獨男指了指海報，上面的女模特兒微笑着，圓圓的眼睛、淡紅的嘴唇，清新的化妝，樣子好看，但髮型已經過時。你喜歡她嗎？阿果問。海報獨男聽着，眼珠轉了一圈，沒有多想，便害羞地跑着走了。阿果沒想到，他比自己更害羞。

街坊説，海報獨男本來是個聰明的孩子，只是不愛讀書，由早到晚跟朋友到處去玩。他們喜歡到遊戲機中心、卡拉ＯＫ、桌球室、的士高和酒吧。

海報獨男的朋友，有喜歡吃呆仔糖的。他們用透明的小膠袋盛着呆仔糖，藏在口袋、錢包、手提電話、頭髮和鞋底等不同地方。的士高的燈光在頭頂閃呀閃，酒精在他們體內高速運轉，這時如果不吃一顆呆仔糖，他們說，就不能盡興了。吃完呆仔糖，跳舞會更起勁，並且能自創把頭左搖右搖的舞步。男孩吃的話，女孩會愛他。

又有人說，吃呆仔糖，會令身體輕飄飄，而且還能靈魂出竅，看見自己和朋友在跳舞，即使被人打，也不會感到痛呢。他還可以瞬間轉移，往來美國和日本，然後一下子回到這兒，省掉飛機票。有人更厲害，吃呆仔糖後能穿越太空，飛得比太空船還要快，漫遊銀河系大大小小的星雲，甚至能與外星人聊聊天，問他們好。

吃過呆仔糖，能人所不能，而且一切不開心的事都不會記住了。阿呆覺得好玩，跟朋友一起吃，還帶回學校賣給同學。他萬萬想不到，自己吃完會多了一個與海報溝通的本事，變成海報獨男。吃了一段日子，他真的記不起許多難過往事，甚至認不出朋友和同學了。喜樂街的人都說，他吃呆仔糖吃瘋了，於是便叫他阿呆，叫菜檔的老闆娘作呆媽。那年，阿呆十九歲。

最初，阿呆不會說話，整天坐着不動，好像一台沒有連線的電腦。呆媽白天工作，帶他到菜檔坐，後來由愛麗斯照顧他。本來大家都當他啞了，沒想到有天呆媽帶他經過一刀剪，他看見海報上的模型兒，竟然說出了一句讚美的話來。呆媽嚇呆了，這事很快便傳遍喜樂街，阿果的老闆說，這海報不換了，等阿呆看個飽吧。

海報獨男害羞地走了，阿果望着海報上的栩栩，心裏想着的，竟然是莉莉。

7

在離家出走後的第二十一天，一刀剪老闆說，你回來幫忙吧。我便成為一刀剪的兼職髮型師，而晚上則到餐廳賣紅酒。今天，我第五次送莉莉回家。平安街四號三樓，我可是倒背如流了，但莉莉心裏，永遠找不到這地址。她剛從台北工作回來，在機場乘坐的士，回到馬蹄山喜樂街，我跟着手機短信上的約定，在阿木的電腦維修店等她。

媽媽說，這城從前是借來的地方，不過住在這裏的人都覺得，這是他們的家。如果你問喜樂街的街坊，他們都會說，馬蹄山是我的家，這是我的城。我替莉莉拖動行李箱，這時平安街的流浪貓在樹下嬉戲，牠們看見莉莉，便咪咪叫地跑過來，圍着我們，想討點食物。

——我先回家去，再給你們帶點吃的吧。

莉莉說。

——順道也去探望阿木吧，他說有驚喜給我們。

我們往村子的小巷走去，流浪貓在背後叫着，好像說：歡迎回來，歡迎回來。甫打開家門，一張照片就飄了出來，我撿在手裏，看見莉莉與一個男人的合照。男人有把長頭髮，束馬尾的，他搭着莉莉的肩膀，兩人快樂地笑。這是我的前男友。她說。她從我手裏接過照片，帶我來到大廳，給我斟了一杯果汁。

這時她打開行李箱，收拾東西，又從箱子裏拿出手信送給我。有鳳梨酥、鴨舌和鐵蛋啦。不過，我還是對她前男友的照片比較感興趣，由於照片都在家裏浮來浮去，我只好像跳舞一樣跟着它們走，才能夠找到我想要的照片。

有一張照片，在餐桌附近飄浮的，是莉莉和前男友吃聖誕大餐的合照，他們戴着紅色三角帽，靠在一起，在聖誕樹和燈飾前微笑着。又有一張照片，飄浮在窗邊，是莉莉和另一位男友去旅行時拍的，那個地方我並不認識，他們在海邊拉着手，莉莉還戴着太陽眼鏡呢。我還發現一張照片，在茶几底下浮沉着，拍的是個外國男人，與莉莉作親嘴的樣子，兩張嘴唇的距離，我量一量，只有半截指頭那麼短。

——你在看什麼呢？

——他們都是我的前男友。

莉莉一邊說，一邊在架設相機。我不要拍照，我帶點生氣的說。聽到這句話，她便難過地躲進睡房去了，我變成不知所措，只懂坐在客廳等待，不知等了多久，直到樓下的流浪貓都在叫嚷。我叩叩房門，問莉莉說，你沒事嗎？門打開了，她站在跟前，抬頭望我。

——對不起。

我說。

她搖搖頭，退到房內，我便看見房間裏，有隻小小的窗，窗前有愛唱歌的風鈴，窗外有棵白蘭樹，開了幽香的白蘭花。牀邊是深棕色衣櫃和優雅的梳妝檯，在它們和我之間，在我和莉莉之間，仍然飄浮着許多的照片，它們在房子裏團團轉，飄到窗邊就會轉彎，飄到房門便會折返。我可以想像，莉莉每晚睡覺，這些照片便在她身邊飛舞，這是些什麼照片呢？我隨手拿一張來看，是我在電腦維修店外閒站的照片，下一張？是我和大粒痣的合照。它們一一飄過眼前，有我吃車仔麪的照片、為客人剪髮的照片、到七十一買零食的照片、在天橋上和阿木吃早餐的照片……

為什麼這些照片裏都有我？我的照片又怎會在莉莉房間裏飛舞呢？我好像忽然明白了一點東西，但又說不出是什麼。這時候，照片都在我面前掠過了，眼前只有莉莉，她說，從前家裏種有一棵高高的白蘭樹，婆婆喜歡白蘭花，為了幫婆婆採花，她便爬到樹上，樹上有鳥兒，有小蛇，大家都喜歡那高貴的香氣，和純潔的顏色。婆婆把摘下來的白蘭花別在她的頭髮裏，她便會一整天感到快樂。

於是，我走到窗邊，伸手摘下一朵白蘭花，別在她的長髮上，這時旋舞着的照片都停在半空了，我看見裏面全部都是自己，便跟莉莉說，我們拍張合照吧。

將近黃昏，平安街的流浪貓吃着晚餐，阿木煮了杯麪，繼續埋頭修理無線電收發機。這時，我和莉莉牽着手在他面前出現，他抬頭看看我和莉莉，又看看我的右手和她的左手，然後把自己的頭，埋在無線電收發機裏。他竟連一點兒驚訝也沒有，教我不禁想，他是不是機械人呢？

兩天前，阿木替街坊大叔修理好一台收音機，靈機一觸，想到醫治無線電收發機的方法。現在，桌面攤滿天線、喇叭、墊片、線圈、電容、絕緣柵、振盪器、功率放大器，等等的東西，它們好像獅子、狐狸、鱷魚、河馬、長頸鹿，分門別類，等待阿木的呼喚。

——電容來報到。

——線圈來報到。

阿木說，他手上是個機箱，像艘方舟，裏面有線路板，板上有不同的座位。阿木將不同零件趕上方舟，按着它們屁股的大小和形狀，安排它們坐在線路板上。我和莉莉看着他裝配和合上機箱，然後接上振盪器。那是一個好像電腦熒幕的東西，我記得在哪兒見過，是在電視劇裏，每當主角遇到意外昏迷不醒，或是做手術性命危殆的時候，這種振盪器都會在旁邊。

阿木扭動無線電收發機的開關，然後啟動振盪器，一個綠色的波浪便在熒幕閃過。這是顯示脈搏的機器嗎？莉莉說。不，這是跟外太空通訊的魔法盒。阿木說。

——坐穩吧，我們要開船了。

果然，隨着阿木扭動圓掣，波浪一個接一個在熒幕出沒。婆婆從前是這樣調校收音機的。莉莉說。我和她牽着手，坐在阿木對面，看着波浪時而寬大、時而尖拔，感覺整間電腦維修店，像被滔天洪水捲走了，綠色的波浪包圍着我們，有時平緩，有時洶湧。

我們還聽到沙沙的聲音，從無線電收發機傳出來，像水聲滾滾，掩蓋了喜樂街上所有的聲音。我們在大水裏飄流，面對接二連三拍打過來的巨浪，但方舟是堅固的，阿木、莉莉和我沒有半點憂心，反而充滿着好奇與期盼。在恍似沒有盡頭的飄流中，我們首先遇上的，是正在趕去交通意外現場的警察。

——木馬道一號發生交通意外，有途人受傷。

——PC22913 收到，立即趕去現場，over。

然後，我們遇上一班自組電台的人，他們七嘴八舌地大罵政府的不是，由於我們愈聽愈覺煩厭，便開船離去了。在茫茫大海裏，我們遇到各式各樣的人，偷聽他們利用無線電互相通話、對罵或調情，也有這樣的對話：

——第一次對話，你好嗎？

——我們這是白天，你們是什麼天？

——我們這裏一年有三百六十五天，你們那裏是多少天呢？

——我們飛去太陽需要一百七十四天，你們需要多少天？

阿木說，他們接通外星人的頻道了。我也想跟他們聊聊天，莉莉說。聊聊他們的星球有沒有太陽，有沒有夏天，他們有沒有眼睛，愛拍照的話，相機是什麼樣子。阿木繼續扭動圓掣，調校頻道，而我們就在洪水裏給拋來拋去。不知過了多久，我們遇到一個奇怪的東西，它發出的聲音尖尖的，但又很溫柔，聽起來就像唱歌一樣，對了，像媽媽唱給孩子聽的搖籃曲。

——這是外星人的語言嗎？

莉莉問。

——我們跟他聊聊天。說什麼呢？

阿木說。

我們說你好嗎。莉莉建議說。阿木就用無線電收發機，發送一句「你好嗎」，簡單的一句話，化成起起伏伏的綠色波浪，自方舟傳送到神秘的大水裏。很快，回音就來了，今次是一個又尖又柔的長音，好像有人在山裏說「嗨」，然後這個「嗨」在山谷彈來彈去，拉得長長的。

——他說什麼呢？

——是不是打招呼？

莉莉說。

我不懂這種語言，阿木說。這是鯨魚的叫聲，我說。我肯定，記得小時候看電視節目《變變變生命力》，就聽過鯨魚這樣跟同伴說話。澳洲的科學家，收集不同鯨類發出的六百多個聲音片段，整理出三十四種聲音，鯨魚就用這些聲音交織成有意思的話語，有的用作追求異性，有的用來警告敵人，說不定也有「你好嗎」、「今天天氣很好」的句子。

——是鯨魚嗎？不是外星人？

阿木有點失望的說。

——一定是迷失在本城水域的座頭鯨。

莉莉很高興。

正是牠。阿安忽然出現在門口，跟我們說：鯨魚說，你們好，我在這裏。這些聲音，船公司的船也會使用。

我呆呆的望着她，她也發怔地看着我和莉莉手牽手。阿木關掉無線電收發機，綠色的波浪消失了，外面的各種車聲人聲，再次把小店灌滿。

——你出院了。

我跟阿安說，但她沒有再說什麼，氣沖沖的離開。

8

深夜，幾顆星星在大廈之間捉迷藏的時候，整條喜樂街都靜悄悄的。阿果睡在地蓆上，攬着棉被，阿木大字形躺在睡牀，做着開口夢：嗯嗯，你好，嗯嗯，不要，嗯嗯，謝謝，嗯嗯，再見。

電腦維修店披着鐵甲衣，保護着兩人，一陣風吹過，草木皆兵啊，這時路燈警醒着，不敢眨動眼睛，也不敢抬頭望一望天空，在太陽出來前，流浪貓佔領着馬蹄山，四處可見毛茸茸的尾巴，化石一樣的貓掌印。牠們總是沉不作聲，在村屋的窗前現身，偷看屋裏熟睡的人，探聽他們的夢。阿木的開口夢，也瞞不過牠們，阿木說你好，是因着他夢見了電腦，電腦問他要不要病毒，他說不要。那麼，我送你更快的記憶體吧，電腦說。阿木說過謝謝，他們便互道再見了。至於阿果，他夢見阿安，又夢見莉莉，還有鯨魚。又有一隻貓去探聽莉莉的夢，夢裏交替出現的是蘋果、芒果、火龍果、奇異果……

有一個人的夢是秘密，她就是七十一便利店的波子。這時候，她仍瞪着金睛火眼，跟店裏七百十一種貨品打交道。

——薯片，你今天很暢銷啊。

——梳打汽水和啤酒需要更多的同伴。

中五畢業後，波子做過M記、K記，賣過手提電話和美顏霜，她熱愛每份工作，而且緊記特首先生的話，「做好呢份工」，所以不把工作做完，她是不下班的。她連做夢也記着工作，於是白天去上班，夜晚也上班，只可惜夢裏做完的事，第二天還要再做一次，夢就是白做了。如果有一份工作，做完夜晚的事，白天不用重複，可以做新的，那多好。她想。如果白天和晚上都能工作，才是真正的敬業樂業，她又想。

於是，她到廿四小時營業的七十一便利店見工，跟店長說，我喜歡白天工作，晚上又工作。店長便問她說，你可以返早更、午更，還是夜更？她說哪個更都沒問題，我不需要睡覺。

零時零分，波子迎接夜更同事，與他一起賣東西，這時分人們都愛買啤酒、藥物和零食。如果是週末，買啤酒、花生和薯片看足球賽的人特別多。凌晨二時，他們點數貨品，間接做民意調查，發現牛奶糖得到六十三張選票、《水果報》得到八十八張選票，雪芳蛋糕得到十九張選票，而蘋果牌即沖小說則得到一百三十七張選票。得到選票愈多，在貨物架上得到的席位也愈多，所以卡樂A薯片得到架子的四格席位，真真薯片只得到一格，所有由她提出的薯片改革動議，都不獲通過，從中波子明白到，民主社會的意義就在此。

凌晨四時，波子開始收拾貨倉，以便騰出空位迎接新朋友。有時她會遇見老鼠，舉起掃把要追打，老鼠便求她說：請你讓我們躲一躲吧，外面到處是貓殺手啊。波子說，好吧，但不准偷吃東西，天亮要離開。凌晨五時，貨車便會送來報紙，波子一個箭步搬回店內，分門別類放在架上，這天，她在《南方報》的頭版，看到兩則有趣的消息：

追鯨船包圍 巨鯨疑受驚

現凡於七十一便利店購物滿二十元，即送玩具貓座檯擺設

下面有四隻大字，寫着「送完即止」，再下面還有幾行小得要用放大鏡才看得見的字，一、贈品如有損壞，與本公司無關；二、圖片只供參考，貨不對辦，與本公司無關；三、誤服壞肚子，與本公司無關；四、看不清楚以上條款，與本公司無關。

波子很快地讀了一遍有關鯨魚的報導，心裏想：這麼多船追逐座頭鯨，如果下次購物送鯨魚，店裏的生意一定好到不得了。天未大白，已有幾個喜樂街街坊，來換領玩具貓了，午後，來的人更多，他們排隊直排到街尾。事實上，不論換領的是什麼，他們都是一窩蜂的，何況今次的玩具貓，製作得也夠精緻，一共有三個款式可選。款式一是釣魚貓，放在桌面，見到的人都會想睡覺；第二款是驚嚇貓，是參照大粒痣的樣子設計的，據說能嚇跑家裏的蛇蟲鼠蟻；第三款，是最受歡迎的抽筋貓，牠的右手有毛病，整天不由自主擺上擺下，好像招手的樣子，七十一宣傳部還請來專業物理治療師解釋，這是由於先天神經過敏症造成的。

阿果還在排隊，替一刀剪老闆的女兒換玩具貓，有網友已經問阿木要不要買了。B君說：我三款玩具貓都換齊了，想買的人請聯絡我；I君說：一個一百元，三個二百四十元，排隊換領要等到天黑啊；D君說：星際列車沿線各站可以交收。阿木說，如果抽筋貓的手不會動，找我吧，檢查費五十元，修理費二百元。

傍晚時分，玩具貓已經派發完了，牠們得到的票數是六百票，遠遠拋離其他候選貨品。於是，波子照店長的吩咐，把卡樂A薯片旁邊的一格架子清空，明天，三款玩具貓都會坐在這些席位上，跟那許多換領不到的人說，我們每個五十元，人有我有，不要走寶啊。一次過買齊三款，還可以換領玩具貓屋。

人們都入睡以後，波子完成一天的工作，感到心滿意足，接着，她要開始整理一車車運送到來的玩具貓屋了。店外的流浪貓，對這種事早已習以為常，排隊換領禮品本來就是喜樂街街坊日常生活的一部分。不過一天，全城的人，都領養了一隻玩具貓回家，卻沒有人在意，黑夜街頭上數不清的流浪貓，牠們漫步經過家家戶戶的窗口，在玻璃窗前，悄悄地探聽人類的夢。

◇ ◇ ◇

每一秒，城裏的堆填區都會收到一噸垃圾，吸引無數蒼蠅；剛剛這一秒，一噸五顏六色的垃圾傾倒下來，你還未看清是什麼，堆土機已經用沙土將它們遮蓋了。在這地方翻垃圾有點危險，而且不衛生，為了知道這車垃圾是什麼，我們不如倒帶重映，像安坐家中看電影一樣。

開始時，沙土翻飛起來，回到堆土機的機械臂裏，你看着堆土機倒後駛，飛揚的塵土散開了，那堆垃圾像三文魚似的「逆流而上」，爬回垃圾車的車尾箱，它們轟隆轟隆，爬得太快了，你還未及看清楚，一塊灰綠色的帆布便從天而降，垃圾車倒後駛，上坡下坡，離開了垃圾場。

垃圾車沿着海邊的公路倒後駛，鳥兒倒後飛，司機的手錶指針，由八字爬到七字，太陽緩緩地從西邊升起。到了市區，所有人都是倒後行的，垃圾站的大鐵箱空空如也，有兩個身穿藍色制服的人，倒後走向鐵閘，把它開了，垃圾車車尾先駛進來，停在大鐵箱前，穿藍衣的人，像收漁網般收起帆布，然後倒後退了出去。車裏的垃圾嘩啦啦地爬回大鐵箱，這種聲音，令人想起海浪沖上石灘，卵石碰撞的合奏。可惜鐵箱裏光線微弱，令你看不清裏頭，然後，先後有幾十個人，拖着底部裝有輪子的垃圾桶進來，他們舉起垃圾桶，叫垃圾便飛進裏面，好好的封上，一桶桶的運走了。

垃圾跟着他們，往城裏的商住區去，各自回到它們原先的地方，有的跳進垃圾桶，有的滾回路邊，爬進溝渠，躲在樹下，飛上樓宇簷篷，擠入大小裂縫裏。終於，你認出了這些垃圾，有膠瓶、紙盒、面紙、光碟、棉花棒、名片、包裝花紙，還有很多玩具貓，三個款式齊備。

有一堆垃圾爬回喜樂街一個垃圾收集站裏，這時，我們結束倒帶，按下播放鍵，讓成叔出場。成叔穿着汗衣、牛仔褲，將戴着手套的雙手，從收集箱裏伸出來，這箱垃圾，就是他今天辛勞的成果。最近，有許多人掉玩具貓，他知道兒子一直想要，但自己沒有時間去排隊，又買不起網友轉售的，於是撿了三個送給兒子。

每天早晚，成叔都會拖着一個黑色的大膠桶，走過喜樂街和平安街，只是他不會走大路，所以沒多少人會看見他。不過，阿果還是會聽見大膠桶跟路面摩擦的聲音，沙沙，沙沙，他便會開窗，問成叔好。

——把垃圾交給我吧。

——把不想再擁有的東西給我吧。

走過喜樂街，成叔拖着的大膠桶便愈來愈重，裏面有阿果吃剩的晚餐，阿木丟棄的零件，大粒痣的指甲，一刀剪的舊毛巾和頭髮碎……這些東西都包在膠袋裏，成叔走到收集站，把它們都掉進黑洞，就是那些特大的黑色膠袋，這樣膠袋套住膠袋，他明白到，垃圾會生出垃圾的道理。

他有時不禁想，垃圾是什麼？譬如說，一雙塑膠筷子和一把水果刀，它們比成叔和其他的人，能活得更長久，一百年後，二百年後，它們還是一雙筷子和一把刀，但人都變成白骨了。成叔望着自己的雙手，今日看來有用，明天便沒用了，筷子和刀子，今天看來是廢物，說不定明天就用得着。有時，他會在垃圾裏發現不錯的東西，例如玩具貓、書本和電器。撿到電器，他會拿去給阿木修理，不過他也有自己的原則，就是不撿中國貨。中國貨易故障，易爆炸，帶回家裏豈不是計時炸彈？他說。

很久以前，他不撿日本貨，雖然他是二次大戰後才出生的，但他爺爺被日本人用飛彈炸走了。直到他有了孩子，才開始養成撿日本貨的習慣，兒子的玩具和漫畫，都是日本人設計和繪畫的，他唯有跟自己說，兒子要緊，世界在變。

這事成叔放下了，但有一件事仍叫他耿耿於懷。從前，他是個沒有國籍，只有城籍的人，說自己是英國籍嗎？英國人說，你不是。說自己是中國人嗎？中國人說，你住在英國人打理的地方。他堂弟正是這樣，有次被外國人問得啞口無言了。

在我城大回歸後，成叔形容自己，是在一夜之間，撿回一個國籍。那天，他感到多開心啊，即使讓他倒盡全世界的垃圾，也不會如此開心。可惜，不出兩、三年，看見國家傾銷無數假東西，他便有點心灰意冷了。假名牌手袋、假光碟、假雞蛋、假鹽、假糖果、假牛奶、假奶粉、假大白兔、假乞丐、假鈔、假公安、假情、假義……他一口氣數不完，並開始擔心，自己的國籍是真是假？

擔心還擔心，每天，他仍要在馬蹄山這個衞星新市鎮，收集和清理垃圾，等垃圾車來把一堆不知真假的東西運去堆埋。只要沒有假垃圾，他的工作還保得住，兒子能夠念書，說不定，長大後能夠創造沒有假貨的美麗新世界。

這是成叔的心願。

9

你醒來，發現自己睡在一個電話亭裏。你揉揉眼睛，伸一個懶腰，打哈欠呼出的空氣，在電話亭的玻璃窗上化成一片乳白。你抹去那層霧，看看外面，在商業大廈和商場之間，有許多人和車，這是市中心，你一眼便認出來。異常寧靜，跟你對市中心的印象完全不同。可能是電話亭隔音吧。你跟因耳鳴而嗡嗡叫的耳朵說。

看看手錶，午後三時十二分。推開電話亭的門，你走到外面，不期然又伸一個懶腰。你覺得全身疫軟，或者是昨晚睡得不好，或者是地面太硬，電話亭太狹窄之類的緣故。環視四周，你發現所有的人都躺着，有的在地上，在斑馬線，有的倚着燈柱、垃圾桶、路欄和汽車。

你走到一個男人面前，蹲下來，要看看他是不是死了。你知道，一個人躺着不動，要不是睡了，要不是死了。那人身穿名貴西裝，抱着公事袋，剪了個會扎手的爽朗短髮，背靠着交通燈，兩腳伸在地上。

——喂，先生。

——你很累嗎？還是不舒服呢？

你看見他胸口慢慢起伏，於是伸出手指，輕輕點他臉頰，他咕嚕着別過臉去，說了一句開口夢話，不知所云。你知道他是在睡覺，不是死了，死了的人不會再醒，睡覺的人說不定在什麼時候會醒過來的。

你別過那男人，繼續走在街上，發現所有人都睡着了，許多人單獨地睡，有些人抱擁着睡，有的交疊着雙腳睡。他們各有各的睡姿，就像各有各的髮型。有人伏在地上像青蛙，有人像睡佛，有人盤膝而坐，有人像貓蜷曲身體。巴士司機伏在駕駛盤沉睡，報紙檔老闆睡在報紙堆裏，逛名店的女人抱着手袋睡，小學生被書包壓着睡，警察和貌似匪徒的人擁着睡。市內始終沒有半點聲音，彷彿所有人都好夢正酣。

現在，你以平常走路的步伐，走在市中心的大街上。面前是一輛雪糕車，懷舊車款，買的是軟雪糕、懷舊綿花杯、甜筒和橙冰。你好久沒有嚐過這種味道，想買軟雪糕吃，但買雪糕的大叔睡着了，於是你伸手去取一個餅乾做的雪糕筒，拉下雪糕機的手把，以為可以盛一筒滿滿的白滑雪糕，但雪糕機也在沉睡，不管你用多大的力氣，甚至朝機身拍了兩拍，它也毫無反應。你沒有辦法，只好咬着餅乾筒繼續走。

——怎麼所有人都睡着了呢？你說。

——今天是假日吧。你又說。

只有假日，城裏的人才有權睡到午後，平日你可要早早起牀，跟巴士、同事、客戶和時鐘賽跑。不過，今天不是假日，在市中心沒有看見載歌載舞的外傭，睡在街上的又以上班族為主。你想找個路人問問，是什麼原因大家都在睡覺呢？可是並沒有人能夠解答，他們不是呼呼地打鼾，就是喃喃說着夢話。

你聽過便服日、愛滋病日、清潔日、非暴力日和教師日，世上有形形式式的主題日，而且你知道，真有個世界睡眠日，不過那是三月二十一日，並不是今天。真奇怪，你可是第一次見到城裏的人這麼重視一個主題日，非暴力日不是仍舊打架嗎？清潔日照樣掉垃圾，你想，有一件事可以肯定，就是城裏的人都十分喜愛睡覺。也許他們一會兒就會醒來。外國有的航空公司，准許機師睡一刻鐘午覺，小小休息，便能將飛機失事的機率大幅減低了。

你慢慢遠離鬧市，走到人車比較稀少的地方。陽光呈四十五度照來，天空是白茫茫的雲霧，沒有一絲風。不管你從哪個角度觀看，陽光和浮雲都靜止不動，好像照片，將時間和光影鎖在小小的框框裏，凝固了。你又看看手錶，三時十二分，不知道是手錶，還是時間睡了。

城裏所有事物都在睡覺，大廈不論新舊，都慢慢在呼吸，櫥窗裏的模特兒人偶，都不約而同找周公去了，更不用說與市中心一街之隔的唐樓羣，許多流浪貓狗，都躺在清涼陰暗的角落。

這是一次全城響應的行為藝術表演。你想。

說不定能打入健力士紀錄大全。你又想。

這可能跟西九龍文娛藝術區有關。你一邊走一邊想，藝術區遲遲未有建成，不是有人反對，也不是政策問題，而是藝術區本身入睡了。今日人人睡覺，也算是全民藝術表演，常常說的藝術普及，不就做到了嗎？這城的人總愛事事「全城響應」，而且什麼都愛寫入紀錄大全，真奇怪。

既然不是假日，那就照常上班吧。你想。人家睡覺是人家的事，辦公室的寫字桌上，可留下許多未辦妥的文件。你沿着熟悉的大路走，來到一幢高廈面前，這是你每天上班的地方，你對它早已心生厭倦。每當在辦公室裏，你都會有感冒和腰酸背痛的症狀，可是一旦下班，身體便會回復過來。不過，今天連這幢高廈都變得可愛起來，你不但發現玻璃自動門睡着了，打不開來，你還聽見大廈打鼻鼾時，所有玻璃幕牆顫動的聲音。無法走進大廈上班，你不禁高興起來，大搖大擺地轉身離開。

你想乘巴士或地鐵回家，不過司機統統在睡覺，於是你走了一段很長的路，回到居住的地方。這時陽光仍舊從四十五度照射過來，你想不單這個城市，就連整個世界都沉睡了。在大廈鐵閘前，你按了幾次大閘門鈴，卻沒有聲響。你拍門，又大叫大嚷，希望叫醒大閘內正托頭睡覺的看更大叔，可惜你說的每句話，都傳不了多遠；每個字每個音，不消幾秒便被睡意正濃的空氣感染，變成一串串的 zzzz。

那麼，要睡在街頭，做個露宿者了。你想。

這樣也好，房子租金可是一點也不便宜。你又想。

現在，你走過公園、河畔和建築工地，停頓的城市比平日寧靜、和諧。公園裏只有坐在鞦韆上睡覺的小孩，河畔沒有傳出異味，工地棚架正在酣睡，不會倒塌。走得累了，你選擇一個可以看見鐵路站的地方，坐下來。平日水洩不通的車站，今天也擠滿了人，他們躺在一起，一個疊一個的，連被子也省了，好像成堆的貨物，從車廂裏傾倒出來。

平日營營役役的生活，原來是為了睡一次長長的午覺。你自言自語說。

忽然，你發現不遠處有個人睜着眼睛坐在地上。你為了找到一個清醒的人而高興，你揮手大叫，而他則直望着你，只是沒有半點反應，他沒説你好嗎，也沒揮手，甚至沒還以一個微笑。於是，你明白，世上有些人是張開眼睛睡覺的。

你放下手，車站一帶的景象，忽然變得荒涼無比。你從褲袋掏出手機，想打電話給朋友，但電話熒幕漆黑一片，不知道是電話，還是電池睡着了。你想，有電話又有什麼用呢？相信朋友跟其他人一樣，正與周公下棋，這麼多的人排隊跟他下棋，輪候時間一定很長。

你又想起，家裏冰箱的牛奶，明天要過期了，陽台的盆栽不澆水便會枯死。如果這刻可以喝牛奶多好呢，只可惜你不可能買到牛奶，便利店的收銀員一定在睡覺，收銀機也一定在睡覺，至於牛奶，你不知道它會做怎樣的夢。現在，你又想起大家睡覺的問題。全城睡覺，並不一定為了主題日或行為藝術。也許大家去了尋夢。

也許有人想出這個方法，平息社會上不同的紛爭，中止一次又一次拆卸歷史建築，阻止正在上揚的股市瀉下去，讓有工作的人不會明天就掉了飯碗。大家一起睡覺，減少摩擦，社會安寧，這多好啊。不過每人的夢都不同，所以全城一同睡覺，也不等於大家正在做着同一件事。你轉念想。

許多念頭在你腦海掠過，直到你聽見一陣低沉、沙啞的聲音。從醒來到現在，除了自己說的話，你沒有聽過任何聲音，包括八達通卡的「嘟」聲、交通燈的「嘟嘟」聲，和手機收到短信時發出的「嘟嘟嘟」聲。你起來，尋覓那聲音的來源，終於給你找到一個人。他獨自在電話亭旁邊，手裏拿着一個號角，是牛的角還是羊的角，你不知道。

你站在一邊看着他，只見他舉起號角，深呼吸再吹氣，他似乎用盡氣力，臉都漲紅了，但號角發出的聲音若有若無，好像有什麼塞在號角裏面，又好像一個人喉嚨痛，變啞了。

你走近那人，並焦急地整理思索，心裏有太多問題。他卻放下號角，把它遞到你面前。他說，我累了，交給你吧。

這個號角可以喚醒城裏的人，要是你能夠吹響它。現在好像有什麼東西卡在裏頭，使它的聲音又低又沉，只能喚醒在你身邊的人。但是，醒來的人一會兒又可能入睡了，因此，喚醒他人將會是一件永遠無法完成的工作。

——難道沒有別的方法嗎？

你問。

有的，他想了想說，把號角修理好，找個高高的地方，一吹號，全城的人都會醒過來的。不過要修理號角，你需要找個會修理的師傅，這人可能在很遠的地方。首先，你要喚醒巴士司機，並且喚醒巴士的馬達、車輪、車門、擋風玻璃、每根螺絲、八達通機。也許，你得先喚醒自己的八達通卡……請司機載你到機場去，誰知道呢？這人可能在國外，你需要坐飛機旅行。在機場，你得按次序喚醒每個人和各樣事物，免得他們轉眼又睡去……或者，嫌麻煩的話，你也睡一睡吧。

——我真的很累了。

這是他最後的一句話。

說完，吹號角的人將號角放在地上，走進電話亭裏躺下，不久，便睡着了。

現在，你還是搞不清這些人為什麼要集體睡覺。你坐在地上，望着那烏黑的號角，心裏想：

要不要叫醒其他人，

要不要做些永無休止的事，

要不要把號角修理好。

你想了好久，終於決定，還是先睡一會再說。說不定睡着了，遇見城裏的其他人，可以問問他們的意見。於是，你走到電話亭，把那人從裏面拖出來，自己鑽進去。你想，還是電話亭舒服，曬不到陽光。你躺下，閉上眼睛。以為很快便會和這城市一起睡着，但等了許久，你還是毫無睡意，聽着嗡嗡作響的耳鳴，感受着整個城市深沉的吐納。你想，自己似乎在裝睡，不過也沒所謂吧，說不定城裏所有人都在裝睡，沒有人會知道你失眠。

◇ ◇ ◇

——我會選擇用號角，吵醒所有人。

——我也是一樣。

阿木和阿果說。莉莉說的故事，與城裏疏落的燈火十分相襯，這是波子埋頭工作，流浪貓尋夢的深宵時刻，工地裏再找不到工人的影蹤，大家都睡了，只有他們三人坐在半條天橋上，眼前是黑色的海，背後是馬蹄山一幢幢入睡的住宅大廈。除了偶而的車聲，很寧靜，連星星的呼吸都可以聽見。

天橋一天比一天長，終有一天會連接到老城，讓司機一面駕車，一面欣賞大海。在天橋還未建成之前，莉莉每天給他們講一個故事，好像《一千零一夜》，有時連路過的流浪貓也會停留，聆聽故事，跟聆聽夢境，都是貓的天性。

城裏願意聽故事的人，已經愈來愈少，他們喜歡聽什麼呢？聽名嘴罵人，聽股市過山車，聽明星最近流出什麼照片，聽賭錢講座……他們不止愛聽，還將這些話題輯印成書，他們說，這些書好看、易看，有價值。書店店長於是一改從前的店內格局，不再將書架細分為現代文學、歷史、心理或經濟了，只分有價值和無價值，能賣的和賣不去。

這些書一躺在店裏，還未舒展筋骨，已經被人賣走，所以有價值架子上的書，本本都是簇新的，像新鮮出爐的麵包，熱辣冒煙，至於無價值書架上的，都是滿佈灰塵的書，要用手指拭抹去名字，才看見書名，《魯迅文集》、《駱駝祥子》、《四種愛》、《小王子》、《寒夜》、《唐詩三百首》、《紅樓夢》

……有一本書的名字，訴說着它們的故事，叫《百年孤寂》。

賣得快的書，也更快傳到成叔手裏，送到堆填區，成為我們腳下的泥土。成叔空閒的時候，會翻開撿到的書，聽名嘴甲罵名嘴乙，然後在另一本書裏，聽名嘴乙反擊的話。不知不覺，成叔便成為有價值的書的專家了，他知道哪些書最好賣，也知道哪些書最快被人掉到垃圾箱。可是，要他分辨名嘴甲，還是名嘴乙罵人罵得有理、明星流出的照片是真的還是電腦合成、哪個投資顧問對過山車的預測準確，便做不到了，世界就是真假難分啦，他說。

莉莉喜歡說故事，也喜歡聽故事。現在，月亮升到中天了，輪到阿果說鯨魚的故事。座頭鯨是海上巨無霸，成年後長十七米，在海洋生物排名榜，擁有三項最長紀錄，包括最長前鰭，相等全身長度的三分之一，所以又稱大翅鯨；其次，牠的壽命也是鯨魚中最長的，可活五十歲；第三項紀錄，是牠們耐力驚人，每年都會在大海裏參加超級馬拉松比賽，來回赤道與北極之間，長征二萬五千公里。

一條鯨魚在海裏游五十年，會寂寞嗎？海洋生物學家統計，現時全球約有四萬條座頭鯨，在海裏游來游去，牠們在廣大無垠的深海，張開大嘴，吸一口水，便吞吃掉成千上萬的磷蝦和小魚。

今天新聞報導說，這條會唱歌，說你好嗎的座頭鯨，成為了市民茶餘飯後的話題，不少市民出海追鯨，滿足好奇心，政府過去費煞思量，想開拓新的觀光景點，例如老鼠樂園、亡命纜車，甚至賭場，現在鯨魚變成流動觀光景點，不是好事嗎？

不過專家在電視亮相說，鯨魚今天在水面只停留三分鐘，可見牠被圍觀的船嚇怕了，連露出水面呼吸也不敢。他解釋，鯨魚雖然看來沒有耳朵，但對聲音很敏感，船隻的馬達，船家打麻雀的聲音，都會使牠受驚，躲在水底，無法尋找正確路線重回太平洋。

——所以「觀鯨」隨時會變成「殺鯨」。

專家托托眼鏡說。

於是，政府派出水警，駕駛多艘水警輪和橡皮艇，包圍着鯨魚，就像保安圍攏明星一樣，以免粉絲走得太近，要求合照、握手和簽名。

——我們出海看座頭鯨吧。

莉莉提議說。

這是阿果心裏想說的話。但不怕「殺錯良鯨」嗎？他謹慎地問。我們不要太過靠近便可以了，莉莉說。然後他倆望望阿木，想知道他這個隱閉青年，有沒有興趣同行。冒險的事最適合我，阿木說，如果船在海中心壞了，由我來修理吧。

◇　◇　◇

名牌皮包，原價五千七百元。

這是拍拖第一年，阿果送給阿安的生日禮物。阿安摸着有點破損的皮革，覺得那些小裂痕十分礙眼。阿果是個傻瓜，這麼昂貴的皮包，對當時的他來說，要洗七百個頭才買得到，他的手指都因洗頭太多而脱皮，指甲則因常浸泡在洗髮水裏，變得透明了。她認識的阿果，永遠是個善良、純真的孩子，有點遲鈍，有時怕事。每天，阿果就用皺皺的手牽着她，而且手上貼着許多消毒膠布，包裹着練習剪髮時，被剪刀咬傷的地方。

阿果努力洗頭，努力用假人假髮來練習剪髮，跟從前在電話公司工作一樣努力。他説明天會更好，創造美麗新世界要靠自己的一雙手。阿安覺得，現在的世界已經很美，有花有草，天空很藍，大廈宏偉，燈飾漂亮，有永遠賣不完的新奇東西。可是，阿果只看見石屎鋼筋，空氣污濁，大廈冰冷，燈飾刺眼，每秒都有永遠蓋掩不了的垃圾。

記事本，原價十八元。

這本粉黃色的記事本，是他們一次逛街時買的，阿果也有一本，藍綠色。阿安用它記下與阿果拍拖的大小事情。例如有對阿果的思念啦，希望與阿果旅行的地方啦，阿果的喜好啦，某天阿果送的小禮物啦；記事本的一些紙頁上，有水滴化開的痕跡，阿安便想起，阿果令她生氣的事，例如他總是傻傻的在商場迷路，常常忘了她不愛吃糖，硬要去跟碼頭道別，還有堅決不肯辭去一刀剪的工作。

為什麼女人非要聽到一句話才肯死心，而男人卻總要用沉默當作回答？那天，她說分手的時候，心裏想的，是阿果會着緊的勸她，她轉身離開的一刻，以為阿果會追上來，但他卻連半句話也沒說，任由她獨自離去，這叫她不禁懷疑，阿果到底有多愛自己。

合照，無價。

在這個城市，拍拖不是易事，商場雖好，但只要舉起相機，便有保安過來說：小姐，這裏是不可拍照的。幸好，她和阿果的合照也不少，在電腦和手提電話裏，有他們吃飯、坐車時拍的照片。這張阿果的頭髮是金色的，這張是棕紅色，這張是藍色，這張則是深紫色，跟許多剪髮學徒一樣，阿果染過所有顏色的頭髮，最終發現，還是原來的黑色好看。

這張照片，現在看來是特別珍貴的。照片裏阿果搭着她的肩膀，背後是樹林，隱約可見一片通往山上的小路。這是他們唯一一次遠足時拍的，地點是西洋貢，那裏住着不少西洋人，而且有城裏最大的郊野公園。阿安逛商場逛得多，為了買到深愛的貨品，她更不惜「踏破鐵鞋」，逛多久都沒問題，常常是阿果逛到累了，嚷着要到餐廳坐下歇歇。逛郊外沒有空調，沒有櫥窗，沒有洗手間，只有石頭、烈日和蚊子，實在叫她忍受不了。那天，她愛惜的雙腿，紅腫了二十多處，皮膚曬黑了。她認真的跟阿果說，以後到西洋貢，只准做三件事：

第一、乘船出海

第二、到餐廳喝冷飲

第三、逛商店

住院費，二千三百元。

吃過十多顆睡眠糖，又用刀在手腕上畫花，結果令阿安入醫院住了二十天。她以為分手後第二天，阿果必定會後悔的，他會找回她，希望復合。那天阿果不是來了醫院嗎？怎麼他連一句話也沒說便走了，可能是自己做夢，而阿果剛巧也夢見自己。她想，他應該還惦念自己的，於是等他到醫院來，等不到，便回家等他電話，等他在 facebook 裏聯絡自己。但阿果沒有找她，沒再出現，他失蹤了，逃到她找不着的地方。

她想，要不要打電話給阿果呢？但分手後，兩人還可以聊什麼天？天氣多好呵，這樣的話題太老套，那問他想不想自己嗎？太直接。她想不到，等了一天又一天，一個月過去了，她決定找阿髮，阿髮說，哥哥離家出走了。

睡眠糖吃得多，後遺症是常常渴睡。坐車到馬蹄山，車程三十一分鐘，她淺睡了四次，夢見今季流行護膚品、扶手電梯、毛玻璃和會跳舞的高跟鞋。她想，唯有到一刀剪能夠找到阿果，見着他，便說：你好嗎？許久不見了。或者說：我好想你。兩句話一樣容易，論字數，第二句還少一點，但不知怎的，似乎較難開口。想着想着，她又低下頭睡着了，懷裏抱着最近買來，未讀完的小說《跳舞有時》。

一刀剪裏，只有理髮椅、電髮器、碎髮和鏡子，沒有阿果。阿安拉拉手袋的肩帶，決定放棄，不要再找了。怎料，在一面玻璃裏，她看見阿果的側面，三個星期不見，好像有點陌生了。她有點高興，又有點緊張，推開電腦維修店的門，拉響串串的門鈴。她不認識莉莉，只見阿果與一個女孩牽着手，阿木像抱着寶箱似的攬着一個方盒。她轉身跑了，阿果追出去，在草菇傘底下，拉着了她。

——你出院了，還好嗎？

阿果問。

——我很好。

阿安說。

對不起，阿果說。為什麼要道歉呢？她心裏想，明明已經分手，他做的沒錯。阿果還想說些什麼，遲到的巴士卻靠站了，阿安上車，跟阿果揮手道別。從前他們也試過這樣揮手說再見的，但今天什麼都不同了。

很奇怪，在車上阿安一點也不想睡，她捧起小說讀，跳舞有時，叫她想起兩句話，「哭有時，笑有時」、「尋找有時，失落有時」，她想，戀愛有時，分別有時，生氣有時，和好也有時。想起阿果和莉莉牽手的情景，她便拿出手提電話，寫了一個短信。阿果回到電腦維修店，電話便喊着說：有短信，有短信。他打開來看：

阿果，今天天氣多好呵。見到你，我很開心。出院後我身體好了，心情也平復，從今天起，我會好好生活，你不用擔心。我們住在同一個城市，所以都是好朋友。跟你牽手的女孩，你要好好照顧她。早睡早起身體好，希望你每天都開心。再見。

10

年輕人說，電視不再好看了，太單調，而且節目主持，不懂跟人打招呼。他們喜歡聊天，用互聯網打招呼，互相說你好，問對方那邊的天氣可好。呆媽仍是電視的支持者，看了幾十年，有感情嘛。電腦語言學不懂，兒子變呆後，也沒有人教她了。

看過今天的「超級百貨公司」，便到新聞時段了，報導員說：滯留本城水域的座頭鯨，今早在短洲附近海面出現，吸引大量市民撐龍舟出海觀看，水警向船隻派發單張，上面寫着要請刻意騷擾鯨魚的人，到警署喝杯茶。

呆媽對鯨魚有好感，在街市裏，魚檔就在菜檔對面，下班嗅嗅自己的衣服，也有股魚腥味。她知道鯨魚不是魚，跟人一樣是哺乳類，但生活在海裏的生物，和蔬菜一樣可愛，它們從不喧嘩。蔬菜和瓜果長在泥土裏，攤在菜檔上，不會説一句話；魚在水裏游，在魚販的刀下，也不會出聲。它們默默奉獻自己，只望人類吃完之後，説一句真好吃。

阿呆也喜歡鯨魚，白天在菜檔陪呆媽的時候，他選了一塊薑、摘了一條菜心，都是形狀似座頭鯨的。看見報紙或電視上鯨魚的照片，他便説，好美麗。呆媽問他，是鯨魚美麗呢，還是栩栩美麗？他抬頭想了一會，然後説，我不告訴你。

只是這兩天，阿果發現阿呆出現在玻璃窗前，手裏拿着報紙，他低頭看看鯨魚，又抬頭看看栩栩，看鯨魚三秒，看栩栩五秒。阿果不單愛看鯨魚在報紙和電視出現，他更想出海看座頭鯨。他在那條未建好的天橋上，跟莉莉和阿木約定，一起去見證本城第一次鯨魚出沒事件。

愛麗斯從網上新聞知道鯨魚來了，便在台上跟大家說，「神愛鯨魚，甚至將大海獻給牠們，叫一切信祂的，不致滅亡，反得吃魚」，阿門，阿門。阿果待大家吃過餅，喝過葡萄汁後，問她說，你也喜歡鯨魚嗎？

——喜歡，耶穌創造的，我全都喜歡。

愛麗斯說。

——他為什麼要創造鯨魚？

阿果問。

因為要讓人看見鯨魚之後，大聲讚美，說阿門，阿門。愛麗斯說。於是阿果將觀鯨之旅的事告訴她，愛麗斯對此大感興趣，說，我探訪過長者、孤兒、戒毒青年和囚犯，但沒探望過鯨魚，我也要去。第二天，她如常到喜樂街探訪街坊，跟大家說，來，來，一起去看耶穌美麗的創造，出海看鯨魚。

這次旅行的報名手續很簡單，不需要報團費、船票或身分證明文件，只需要好奇，和擁有一顆欣賞事物的心。米高從沖印店探出頭來，跟愛麗斯說，我要去。喜愛拍照的他，從未拍過鯨魚，相機鏡頭那麼小，鯨魚那麼大，應該怎麼拍？米高說，可以只拍尾巴，只拍鯨魚的大鰭，拍牠翻身時激起的水花，這些都很美。他並不擔心，店裏有許多的器材和工具，如果都要帶去，說不定船也會沉沒。

阿髮在電話裏，知道哥哥要去看鯨魚，便說：政府叫大家不要去啊。阿果便問她說：將來的美麗新世界，要有鯨魚嗎？

——要有。

——因為鯨魚很美麗。

阿髮說。

那麼，阿果說，我們更要去看鯨魚，為美麗新世界做預備。阿髮便答應去了，如果可以的話，她真想帶全班學生一起去，不過她轉念又想，政府規定，老師帶學生出外活動，要給學校填寫大量的文件，寫一千字介紹參觀的地方，再寫三千字詳述活動計劃，另加五千字解釋活動和教案如何配合。阿髮擔心，填寫完這些文件後，鯨魚早已回到大海，更甚者，這個學期可能也完了。

如果只得她自己一個去，也不是壞事，她可以拍照片，拍錄像，寫筆記，回校將所見所感的告訴學生，這不正是老師應做的事嗎？她一直認為，老師不是錄音機，把課本裏教的背熟，再唸給學生聽；老師要「通識」，便要好好生活，將自己的回憶和生命，摺成一隻紙飛機，飛向學生，讓他們接住。所以，記念學生被坦克壓扁的聚會也好，第一次在本城出沒的座頭鯨也好，她都要「送給」學生。

這時，莉莉已經收拾好一切，有相機和黃色救生圈，準備隨時去看鯨魚。她擔心鯨魚不懂回家，跟自己一樣。她明白，迷路是一件叫人害怕的事，鯨魚在茫茫大海，東南西北都是藍藍的海水，四處都一個樣子，要找回正確的歸家路線，談何容易呢？每次回到馬蹄山，她都有類似的感覺，老城還好，但衞星城市幾乎全部都一個樣，餅印似的。大廈是一樣的，天橋是一樣的，鐵路、商場、單車徑，都是一樣的，這種單調感覺，她在其他國家沒有體驗過，唯一的好處是，同一樣事物，拍一張照片便夠了，哪像外國的房子，各有特色，外國的牆到處是漂亮的塗鴉，謀殺許多菲林或是記憶卡。

跟阿果帶自己回家一樣，說不定鯨魚也需要有人帶領，才能回到北冰洋，誰是牠的領航員呢？是警察嗎？還是專家？他們阻擋其他人去探望鯨魚，也許會攔下一個懂得教牠歸家的人。這是莉莉最擔心的事，每次想起，她便寧願鯨魚快點離開，不要再留在這兒玩耍。

平安街上，除了積木似的村屋外，還有些老屋用灰白的磚頭砌成，外面再用磚牆和鐵門圍着，防禦盜寇和猛獸。人們叫這些村子做圍，圍有不同的模樣，大的叫大圍，小的叫小圍，新的叫新圍，老的叫老圍。在老城是很難找圍的，它們大都散落在衞星城市和附近的郊野，住在裏面的人大都是同一個家族，例如這個圍的人都是姓鄧，叫自己做鄧家圍，那個圍的人都姓鄭，叫做鄭家圍。他們一代傳一代，爺爺奶奶，爸爸媽媽，子女孫兒，都坐在圍裏，外人覺得他們像動物園的動物，但他們一點不介意。他們喜愛自己的圍，這些圍很古老，當城裏的人還是打漁的時候，已經存在了。

那時男人們還束着辮子，女人還在紮腳，有班英國人乘着大帆船到來，說我們要租下這地方，奉女皇的名字，建立維多利利城。可是，等到百多年後，他們搬回老家的一天，還沒付過一毫租金。那時住在圍裏的人說，英國人都是洋鬼子，不可走進我們的圍。他們便和英國人打起來，用刀劍和弓箭敲對手的防營，可惜一點也敲不動；英國人用火槍和大炮還擊，把村外的圍牆一一推倒，連鐵門都搶走了。住在圍裏的人認輸，跟城裏所有人一樣，默默生活一百五十年，等到租約期滿，大回歸的日子。

莉莉覺得，這城市不就是一個超級大圍嗎？大家都有一百五十年的靈魂，彼此都是好朋友。座頭鯨游到這兒來，知道自己游進一個圍牆四立的地方嗎？這城的人，既想緊抱一百五十年來的故事，活出獨有的面貌，但同時又怕被人遺忘，被人趕上，逼到最邊緣的角落。鯨魚啊，你來是要留下跟我們在一起？還是提醒我們，要游出去，尋回歸家的路呢？

◇　◇　◇

人們說，這是專家之城，凡住這兒的人，都篤信專家的話。這城厲害之處，是專門出產專家，有財經專家、健康專家、運動專家、教育專家、製片專家、談判專家、氣象專家、升學專家、親子專家、脱髮專家、攝影專家、美肌專家、瘦身專家、調查專家、離婚專家、慳錢專家……可以說，城裏每人都是專家，只是專長不同，程度各異。一刀剪老闆不是剪髮專家嗎？阿木是維修專家，米高是沖印專家，海報獨男是呆望專家，而莉莉則是讓照片滿屋飛的專家。

扭開電視、翻開報紙、連線上網，便會看見許多專家，他們不住地說話，擔心沒有人注意，擔心另一個專家說話的聲音，響亮過自己。單就座頭鯨這件事，已經專家四出了。

——根據本城法例第七章《野生動物保護條例》第四條，任何人除按照特別許可證，否則不得狩獵或故意干擾任何受保護野生動物。

鯨豚專家說。

——「故意干擾」包括罔顧行為後果，即雖然沒有特定目標，但明知後果仍照做的情況。

法律專家說。

——我在外國也曾近距離觀鯨啊，什麼事都沒發生。

外籍觀鯨專家坐在獨木舟上說。

——今天水警、海事處將聯同漁護署繼續在海上執勤，勸喻觀鯨船離開，亦不排除針對個別事件有執法行動。

漁護署專家這樣說。

他們好像談論着同一件事，但其實在各說各話。人們說，我們頭上有言論自由的帽子，可以暢所欲言，如果說的話沒有人聽，我們便把帽子拉下來，拉到腳尖，蓋住自己，再自言自語說個夠。

那我們也聽聽以下三位專家，有關觀鯨的意見。第一位是動物專家，主修貓咪學，牠就是大粒痣，這時正躺在板藍根箱子上，舐舐自己肚子的毛髮。牠說，我是貓，除了吃魚的方法，對魚的其他事並不認識。不過聽說鯨魚跟人類一樣是溫血動物，又是哺乳類，我認為鯨魚有兩件事，是現時千萬不要做的。

第一，不要減肥，我們貓咪，跟人類都很怕冷，溫血動物一感到冷，便會打哆嗦。你想想，這麼大的一條鯨魚，在海裏打哆嗦，是不是會激起大浪，弄翻附近的船隻呢？如果牠打的哆嗦很大，說不定還會引發海嘯，那後果便不堪設想了。馬蹄山沿近海邊，老昌陳的藥材全被浸濕，小陳哪有錢再買貓糧給我？

不要減肥還有一個原因，人類覺得寵物長得肥，就是可愛。他們喜歡自己瘦，卻不讓自己的寵物長得瘦，瘦的貓、瘦的狗，他們會覺得好奇怪，好羞家，就像他們的小孩子不長肉，代表家裏沒錢開飯一樣。要肥，人類才會喜歡你，你減肥，他們便離你而去，所以，不要偏吃，找不到磷蝦和小魚吃，便找到什麼吃什麼吧。

第二，千萬不要上岸，聽說你從前是在陸地爬的，不知怎的又活到大海，游呀游，游了不知多少年，腳都變成了魚鰭。我擔心你想重返陸地，千萬不要啊，這城是很危險的。這兒，早已被我們貓咪一族佔據了，你以為這裏是人的地方，其實是錯覺，我們跟人類說，我餓了，他們便送飯來，我悶了，他們便跟我們玩，這兒是貓咪掌權的。你一旦上岸，全城的貓咪都會跑出來，抓着你，把你翻來翻去，甚至拋在半空，又或是咬着你的尾巴，拖着跑步。雖然近日你搶盡風頭，但切記得意忘形，爬上岸來，要緊記這城裏有三萬多隻家貓，七萬多隻流浪貓啊。

換領專家波子，是喜樂街上最早看報紙的人，對座頭鯨訪城的事，顯得十分關心。她將以鯨魚出沒做頭版新聞的報紙，放在顯眼位置，又跟同事把一盒盒的貨品，堆砌成座頭鯨的形狀。這是七十一的鯨魚祭，她說。她跟店長說，城裏掀起了鯨魚熱潮，如果便利店購物換領鯨魚，一定會大受歡迎的。店長想了想，不禁搖頭說，鯨魚那麼大，店裏連半條也容不下。

她在電視看過，有些鯨魚會突然的衝上岸曬日光浴，或許牠們覺得太舒服了，竟然就癱在沙灘上一睡不醒。如果這條座頭鯨，竟也喜愛日光浴，那怎麼辦呢？政府會用夾走碼頭的機械臂，把牠拋回大海嗎？幸好，住在這城的人，不喜歡吃鯨魚肉，跟日本人不一樣。

座頭鯨游到這兒，是聰明還是幸運呢？如果牠游到日本去，也許便變成日本人筷子上的一片刺身了。他們的大船，裝備有電波追蹤器和捕鯨炮，並掛有科學研究的旗幟；那些粗獷的漁夫也穿起白衣，裝扮成科學家。他們說，捉一兩條鯨魚來研究，看看怎樣保護和繁殖牠們吧。

結果日本的市場，總是見到一塊塊嫩紅的鯨肉，冷凍庫裏，也有數千噸未賣出的鯨肉，當乘坐小船的環保朋友問他們，為什麼要吃鯨魚的時候，他們便說，這是我國的傳統文化。環保朋友不滿這個答案，便投擲臭彈到捕鯨船上抗議，臭彈是個玻璃瓶，裏面裝滿變壞發臭的黃油。

波子以專家的口吻說，既然政府這麼關心座頭鯨，便不單要派水警保護牠，還要等牠游離本城，回到大海後，派船護航，直到北冰洋，以免牠又迷路，或是遇上捕鯨船。那些鯨豚專家、漁農專家應該一同去，親眼見證鯨魚回到北冰洋，和牠揮手說再見，然後才可以回家。這樣才是愛護動物的表現啊。

這時，天色已晚，成叔到來收拾七十一的大袋垃圾。對這位垃圾專家來說，座頭鯨的現況是叫人擔憂的。成叔拉着垃圾袋，一邊走一邊說，大家知道，鯨魚今天衝進了肥沙嘴和中環之間的海港，那裏有填海工程，水質差到了極點，如果我是座頭鯨的話，一定會鼻敏感，狂打噴嚏。政府應該拒絕鯨魚入境，或者把牠抓起來，放進大海公園的水族池裏，讓牠跟鯊魚和中華鱘一起游泳。要不，便立即遣返。

為什麼城裏的水質那麼差呢？還不是因為每天數之不盡的垃圾，如果鯨魚繼續留下來，總有一天會被困住，將來啊，這個城市哪裏還有海？到時肥沙嘴和中環之間，會變成第二個將軍啊，是堆積垃圾得來的土地。那兒有一小片休憩土地，四周商廈和酒店林立，或者，為了刺激旅遊業，政府會在這繁榮地段，擺放一個史無前例的大魚缸，養一條座頭鯨，如此才有大都會的氣派。

聽見愛麗斯說阿果等人要去看鯨魚，成叔便暗暗決定，要跟他們一起出海。只有他明白，這兒並非專家之城，而是垃圾之城，在這裏，任何東西都可變成垃圾，連這些那些專家們，明天也可能是堆填區的肥料。

11

我在 facebook 網站說：出發去看座頭鯨。朋友B君留言說：我不會保釋你的。Y君說：你洗淨八月十五吧。E君說：我們要隔着玻璃談電話了。

這些話，是見怪不怪的。

我們正式出海的那天，是個晴朗的日子，氣溫二十五度，濕度百分之五十七，紫外線指數為高，空氣污染指數為中等。多得愛麗斯到處宣揚，參與觀鯨之旅的，除了阿木和莉莉，還有呆媽、阿呆、米高、成叔和波子。阿髮和阿安接到我的電話後，也一同來了，我們一行十一人，加上躲在背包裏的大粒痣，一起乘坐巴士，穿過蔚藍天空，到了西洋貢一個碼頭。

許多人在碼頭，有拍照的，有買海鮮的。漁夫站在艇上，跟岸邊的人說，你要買什麼？他們答，要一斤蝦，兩隻花蟹，還有那爬來爬去的八爪魚。漁夫將他們要的海鮮放進膠袋裏，灌入半袋海水，用安在長桿子的漁網盛住，遞給岸邊的人。岸邊的人把錢扔在網裏，漁夫便把長桿子收回去。

——你們要去哪裏？

一個船伕過來跟我們說。

去有鯨魚的地方。我答。不可以，警察會抓人的。船伕搖搖手說，阿木便問他要多少錢呢。他說不是錢的問題，政府說什麼都要聽，警察說的都是對。他說。正當阿髮和成叔想跟他爭論時，背後傳來一把聲音說：

——我載你們去看座頭鯨。

——要多少錢呢？

阿木問。

——你們說多少便多少吧。

跟我們說話的，是一位貌似五十歲，跟漁夫一樣壯健和膚色黝黑的男人。於是，我們別了原先的船伕，上了這人的船。他說，我叫阿游，多多指教。我們逐一說出自己的名字，再請大粒痣咪叫兩聲，便把背包和行李攤在船倉。背包們埋怨說，很擠啊，而且好熱。它們的肚子裏，有相機和電池、貓糧、呆媽預備的食物、風衣、雨傘、愛麗斯那本又重又厚的地圖、阿髮帶來的攝錄機，以及其他不知名的東西。阿木的背包是最重的，裏面不知是什麼，從凸起來的形狀看，似乎又硬又大。

連同阿游，我們有十二人，他的船叫木頭號，像一片葉，船頭尖長，船尾寬平。船身由多條長木板造成，上面用鐵桿和木塊蓋一個小船倉，倉裏有膠椅、茶壺、掃把、滅火筒、草帽和其他雜物，倉頂張起帆布蓬，馬達在船尾。阿游就坐在那兒，搖着一根空心鐵棒，鐵棒向左，船便往右轉，向右船便轉左航行。浪花在船尾微笑着。

我知道，出海並不一定見到鯨魚，聽說牠是神出鬼沒的，有時在紅柱出現，有時在短洲出現，而且大部分時候躲在水底，只有少數追鯨船上的人，能夠跟牠見面打招呼。

莉莉坐在船頭，抱着懷裏的相機，阿安坐在船尾，跟我妹阿髮在一起。海風問我，還生阿安的氣嗎？她少看你，又反對你做髮型師。我輕聲地說，我是有點生氣的。既然她已經原諒我，我願意和她握手做朋友。我反而想起爸爸，聽阿髮說，經濟愈來愈差，他開工的日子更少了。阿髮希望我早點回家，除了叫媽媽不用擔心外，也能支持爸爸，我應該怎樣做呢？這時，海風轉了方向，好像在迴避我的問題。

要原諒一個人真不容易，記得在 facebook 上，我問朋友，對傷害過自己的人，應該要怎樣做，J君說：想一想，除了他傷害你，你有沒有傷害他呢？E君說：生氣總難免，但一天好了，長時間生氣會胃痛的。S君說：原諒他吧。只有原諒別人，自己才會得着原諒。U君問：那要原諒多少次呢？S君回答說：可以的話，原諒他無限次。

木頭號駛過許多小島，有像吊鐘、牛尾、龍蝦、恐龍、海螺的，身處清水灣時，海水沒有特別清澈，反而垃圾處處，駛過大浪灣時，則浪頭高高，木頭號被拋上半空，如果有人在船上看見，會覺得它像隻奔跑的野鹿。這時海面上有三艘船，最近的一艘是遊艇，有身穿泳衣的少女，在甲板上被攝影師追來追去。稍遠的一艘是快艇，正拖着長長浪花；最遠一艘是大貨船，在水平線上緩緩航行，甲板上是幾個紅色、藍色的貨櫃。

——我們跟着那快艇吧，他們是追鯨的。

阿游說。

——我們真能找到鯨魚嗎？

成叔問。

不一定。阿游說，我和他們已經找了幾天，每次我們往東去，鯨魚便在西邊，我們在南面等，牠卻游到北面的肥沙嘴。不過，我有信心。他又說。

我們尾隨快艇，不一會便看見前方有兩三艘船，好像繞着什麼，慢慢行駛。阿髮馬上舉起攝錄機，放大熒幕裏的影像說：他們繞着一個噴泉。阿游聽見，第一時間全速開動馬達，追隨快艇，跟在那些船隻後面。我看見水裏噴出一條水柱，比木頭號還要高。

大粒痣好奇的走到船頭，但轉眼便被灑下來的水花濺到，嚇得躲回倉裏。我們一起擠到船頭，莉莉和米高不忘拍照，噴泉每噴射一次水柱，便傳來大象的叫聲，低沉而響亮。誰在放屁？阿呆問。放什麼屁，是鯨魚啊。呆媽沒好氣的說。

果然，海面忽然翻起一個大浪，令木頭號升起來，水柱在半空消失了，接着一條巨大的黑色尾巴露出水面，好像跟我們揮手。莉莉走過來，指着相機的熒幕説，真是鯨魚！我看看照片，又看看水面，不由得感到快樂。這真是個好日子，能夠一睹這巨大又神秘的動物。我不用儲錢買澳洲、台灣或加拿大的機票了。

正當鯨魚要表演翻身，跟我們正式見面聊天的時候，背後忽然傳來很大的聲音。我聽出那是誰在説話，不過聲音明顯經過揚聲器而來，變得刺耳又沙啞。那人説：我們是警察，騷擾鯨魚是嚴重罪行，前面船隻請馬上離開。

跟其他船的船長一樣，阿游還未反應，鯨魚已被這喧擾的廣播嚇倒，貓似的尾巴一擺，潛到水裏去了。米高拍得的最後一張照片，是水中一個巨大黑影，我覺得，如果鯨魚能夠參加奧林匹克運動會的韻律泳比賽，一定能得金牌。

警察將追鯨船都趕散了，木頭號孤伶伶的在海裏緩緩航行，這時太陽正趕往下班的地方。阿游説，這已是第三次了。等好幾天，只是看見鯨魚的尾巴。阿游繼續説，我自小便跟爺爺出海，在船上生活。六歲那年，我們的船遇上鯨魚，爺爺為了讓我見見牠，追趕了許多天。有一晚，爺爺忽然叫醒我，他説鯨魚又出現了。我連忙跑到甲板，看見射燈照着的位置，升起一條水柱，然後鯨魚便沉到海裏，不再浮上來了。由六歲等到今天，我終於再看見鯨魚噴水的樣子。

——你追蹤鯨魚幾十年喇？

波子問。

不是，阿游説，爺爺賣鹹鴨蛋後，我便在這城定居。我是水上人，一輩子住在船上，從不暈船。三、四十年前，許多人沒有房子，住在避風港裏，我可以從自己的船，跳到別人的船，好像武俠小説高手一樣，只怕是火燒連環船。我是賣水的，開着船將一桶桶淡水，送到人家的船上。不管天氣多熱，船倉永遠是清涼的，我也永遠不會口渴。後來，他們都租房子，搬到陸地了，我留在船上，跟爺爺一樣，天生就是和大海一起生活的人。

這天，阿游告訴我們很多關於自己的事，從小便在海上流浪，周遊列國，真叫我羨慕。阿木問他說，最美的地方是哪兒？阿游想了一想說：海洋。

我不禁問自己，哪裏是最美的地方？是馬蹄山、喜樂街、自己的家，還是我居住的這個城市呢？也許阿髮會答，是美麗新世界，一個現在還在孕育，必需我們努力去創造的地方。真難想像那是什麼樣子的，我深深希望，是那本又厚又重的童話書（愛麗斯說是地圖）裏寫的，沒有眼淚、悲哀、哭號和疼痛，到處像黃金和寶石建造的閃閃生光，又有河流像通透的玻璃，有樹每月結出又大又活潑的果實。

太陽快下山了，你們要回去嗎？阿游說。我們彼此望了一眼，阿木說：天文台說往後幾天會有大霧，看來再沒有機會了。成叔說：只見尾巴，怎回去見江東父老？莉莉則想多拍幾張照片。而阿髮的錄像仍嫌太短，未能作教材給學生學習。不單如此，連大粒痣也未能回去，牠發出咕咕的聲音以示抗議，這種語言莉莉懂。

——那好吧，要碰運氣了。

阿游說着，再次開動木頭號的馬達。

——我們要到哪裏找鯨魚呢？

阿安問。

到有魚吃的地方。阿游說，我在這城市鄰近水域活了幾十年，什麼時候哪兒有魚，我是最清楚不過的。我聽到這番話便安心了，真是沒找錯幫手。

◇　◇　◇

時間：十一時二十七分

入夜後，天色黑得什麼也看不見，只有木頭號船倉掛的小燈泡，以及阿游手裏的電筒，能夠讓阿安看看書。我們的晚餐是呆媽做的飯糰，裏面有粟米、葧薺、菜粒、磨菇和洋蔥。全是有機蔬菜，她強調說。

——一整天在海上，不悶嗎？

我問。

——起初有一點點，但看見鯨魚尾巴後，我想再碰一次運氣。

阿安合上書說。手裏是那又厚又重的童話書，愛麗斯借給她的。

她告訴我一個書裏的故事，從前地球人都説一樣的口音和言語，他們自以為世上無難事，決定建一座城，是一座比天還高的塔，顯出他們有多神氣。天使知道了，便從天而降，變亂他們的語言，於是有人説中文，有人説法文，有人説愛斯基摩語。

——後來怎樣呢？

我問。

——他們雞同鴨講，各自回家，掉下那座城和塔不理了。

到底人類能不能建立美麗新世界呢？對於這問題，每人一定有不同的答案，但想到這個從小到大的願望可能會落空，我便感到難過，相信阿木、阿髮和莉莉都一樣。如果阿木説的沒錯，世界會一天一天壞下去，並突然故障，停止轉動，那我們活下去，到底是為了什麼？

地點：不知名海灣

阿游關掉船尾的馬達，我們唯有耐心等待，他說天黑後，魚兒都會到這裏休息，鯨魚肚子餓的話，很可能會游到這兒來。

——你看見什麼呢？

呆媽問。

我看見彎彎的海浪，保鮮紙似的皺摺着。阿呆說，四周黑漆漆，只隱約見到遠處有些光禿的山頭。山下有燈光，一串兒的，是火龍嗎？是公路。呆媽說。

——山上有什麼？

太黑太遠了，看不見啊。再往上望，比山頂還高，是無窮無盡的天空，上面有月亮和星星，好似珍珠鑲嵌着。還有一條透明的白布，是仙女的裙子嗎？那是銀河，地球是銀河系裏的一點塵埃。阿游說。

——有沒有看見人？

那兒沒有人，他們一定都很細小，小得連天上的星星也不如，比塵埃還要難以看見。天和海大得驚人，鯨魚又有大尾巴，人算不了什麼。不過呢，我好像看見太空人，他們穿着厚厚的棉花糖保護衣，罩着金魚缸，浮在太空。他們以為去到很遠的地方，而且將來要去得更遠，其實不過是圍着地球團團轉而已。

——你看見日出嗎？

還沒日出，時間還早呢。日出是什麼樣子？每天我起牀，太陽已經出來了。四周還是黑漆漆的，我覺得自己過去幾年，好像一直在這兒，什麼也看不見。只記得爸爸和媽媽你，還有一個女孩，她總是在一片玻璃前微笑着，但我忽然記不起她的名字。她是我同學嗎？還是算吧，我只想離開這兒，白天快點來臨就好了。

——你還看見什麼?

暫時沒有其他的了，只有撲燈的飛蛾，非常的多。你聽見牠們拍動翅膀的聲音嗎?牠們撞在燈泡上，然後便消失了，彷彿只存在過一秒。

人物：阿木、莉莉、阿髮、阿安、呆媽、阿呆、米高、愛麗斯、大粒痣、波子、成叔、阿游和我

——天快亮，看來沒有機會了。

阿游看看手錶説。

這時，只有阿木和我睜着眼睛，其他人都睡着了。阿游問我們説，為什麼非要看見鯨魚不可?鯨魚對你們來説是什麼?阿木打開他的背包，倒出許多工具，有螺絲啦、螺絲起子、釘子啦、士巴拿啦、鋸子啦，還有鉗子、鍾子、剪刀、鐵線，等等。他說：迷路的座頭鯨，是故障的機器，我來是要修理它。

阿游有點意外，他笑了笑，然後望着我。這問題不是挺簡單嗎？鯨魚是在海裏游來游去，大得可以吞下小木偶的動物，牠不是魚，但跟魚一樣，跟人一樣，是美麗又偉大的生命。我說。

那麼你覺得人和魚，和鯨魚都沒有分別啊？阿游說。是一樣的，阿木答，都是機器。我說不一樣的，人會追着鯨魚，但鯨魚不會追着人。

突然，海面響起一陣奇怪的聲音。大粒痣最先醒來，弓着身子站在船尾，咕咕地叫。阿游將燈泡調校到最亮，聽見聲音由遠而近，好像有人向這邊傾倒什麼，又像滾滾沙塵。不是鯨魚，阿游說。我和阿木連忙叫醒大家，莉莉和米高急忙舉起相機。聲音已經很接近木頭號了，阿木緊張地握着士巴拿，呆媽摟着阿呆，波子拿着手電筒左照右照，氣氛非常緊張。

來了，一團銀色的小東西，從船尾而來，快速在木頭號兩邊掠過，不但發出沙沙啪啪的聲音，還濺起不少水花。呆媽嗅見強烈的魚腥味，在莉莉拍的照片裏，隱約可見黑暗裏許多小眼睛，在燈光下閃耀。

——是飛魚。

阿游説。

我靠着船邊，看着無數飛魚從水裏跳起，在水面滑翔。牠們的動作太快了，我看不清牠們的樣子。在我眼中，這片景象好似一齣武俠電影，許多人拿着刀子在打鬥，刀光劍影，狂風掃落葉。不一會兒，牠們便到船頭，躍進看不見的黑暗去了。大粒痣很興奮，幾乎要跟牠們跳入水裏，千鈞一髮之際，波子抓住了牠的尾巴。

整個大海忽然平靜下來，連一丁點聲音也沒有。

阿游低聲地說，鯨魚要來了，飛魚一定是被牠嚇得躍出水面。果然，在燈光底下，我看見船底浮現一個巨大的影子，牠像個女人似的扭着腰，又似壯健的男人張開雙臂，那是牠的胸鰭，足有木頭號那麼大。米高興奮得呼叫起來，鯨魚一聽見，便潛下水裏，失去了身影。牠是多麼靈活呢。

阿游從波子手裏搶過手電筒，喃喃自語說，六歲那年，同樣是晚上，今次你逃不了。他用電筒照向離船頭不遠的海面，發現鯨魚在那兒浮上來。牠距離木頭號有一輛巴士那麼遠，牠似乎也發現了我們，不過沒有惡意，也不害羞。牠在我們前面嬉戲、噴水、搖尾巴。

我們全部擠在船頭，大粒痣由愛麗斯抱住，成叔和阿游則捉住阿木，因為他手裏握着士巴拿和螺絲釘，想要游過去把鯨魚修理修理。就在這時，牠尾巴用力一撐，躍出水面，彷彿要飛上天去，並在半空張開那巨大的雙鰭，像劃個十字一樣。然後牠身子一彎，再次撲回海裏，如果問木頭號愛不愛看這表演，它一定喜歡，因它不住的點着頭。

大海上，只有我們的掌聲。我想我們拍掌一定拍得太響了，吵醒了這個世界。往海灣的出口看，水平線已經透現出淡淡的紫紅色，天上有許多星星，但都不及水平線上的一顆十字星明亮，它閃耀着，彷彿有個燈塔在那兒，塔裏有人向我們招手。

——那顆是晨星，黎明快來了。

阿游說。

接下來發生的事，我一輩子不可能忘記。鯨魚又噴了一次水，然後在水裏轉身，朝向海灣的出口，就是晨星閃耀的方向。阿游說，對了，游出去便可以離開這個城市的水域。牠彷彿聽見阿游的話，緩緩游向出口，我能看見牠那深黑的身體，在水裏時隱時現，拉動着長長的波浪。

牠游到出口，手電筒的光已經照不到了，唯靠天邊晨星的微弱光芒，我們看着牠從海裏慢慢上升，然後整個身體露出水面，懸浮半空，垂着尾巴和胸鰭，海水從牠身上流下來，變成超小型的局部地區性驟雨。

這浮在空中的巨大鯨魚，體積像飛機，形態則似莉莉家裏的照片。米高舉起相機拍照，由於背光，只拍到半空中龐大的黑影。阿木看得發呆，一鬆手，士巴拿便丟在甲板。

我們十二個人，一隻貓，親眼看着這條在城裏流連多日的鯨魚，朝着晨星的方向，飛往天空。沒有隆隆的引擎聲，沒有超音速，而是靜靜、慢慢的，愈飛愈遠，直到我們一個一個再看不見，最後消失在近視度數最小的莉莉的瞳孔裏。

——原來鯨魚是艘宇航船。

阿木說。

——我們十二個人，做了同一個夢。

我說。

阿游得償心願，感到很開心，我們也懷着快樂的心情，哼着歌。太陽升起時，晨霧像白粥變得又濃又稠，這次天文台算得好準。新聞報導員起牀了，這時他還未知道，今天的新聞稿裏將有一句：

座頭鯨失蹤　或已出公海

12

鯨魚走了，七十一的換領鯨魚計劃擱置下來，波子休息了一天，便回到工作崗位。店長問，你從來沒有請過假，去了哪裏？波子一邊擺放新貨品，一邊說：看鯨魚表演飛天絕技。

電腦維修店還沒開門，阿木在店裏埋頭修理一個發瘋的時鐘。它不停地響鬧，不管你調校了六時或八時，讓它叫你起牀，但它總是叫囂着，說時候到了，時候到了。這鐘是成叔在垃圾堆發現的，起初他還以為垃圾裏有個計時炸彈。

成叔手裏的垃圾，已是今天第十袋了。喜樂街還是老樣子，東一包垃圾，西一袋垃圾，大街小巷裏是四散的垃圾。這袋垃圾裏，有一個破花瓶，瓶上是藍彩畫的花朵。包着花瓶的報紙，是三天前的，有張座頭鯨被水警船跟蹤的照片，海是那麼藍，這天由於大霧的關係，人們幾乎看不見海，彷彿海被堆填了。

仍舊是那個位置，玉米、車厘茄、雞髀菇和甘筍，呆媽在菜檔裏吃午飯，沒有阿呆在旁幫忙，她忙到不得了。這刻才夾了一條菜，想放進口裏，下一秒便要收錢了。不過，她工作得很開心，對主婦們討論的電視劇情，也不再感興趣了，她告訴大家，鯨魚原來不止是鯨魚，是飛機，是火箭，是宇航船。主婦們聽不明白，問她說：這是珍珠台的最新外購劇嗎？

貼在一刀剪櫥窗的栩栩海報，給老闆撕下來了。這事大大驚動喜樂街街坊，大家都擔心阿呆會單思成疾，而阿木的網友則擔心從此以後，少了海報獨男這個話題。不過，經我明查暗訪後，發現老闆所以這樣做，是阿呆提出的。阿呆說，我已經沒事了，見過鯨魚後，我發現比栩栩更美和更真的東西。

——你肯定？不會後悔嗎？

老闆問。

——不會。我要去找工作了，下次再談。

阿呆走了，菜檔餘下呆媽一人。

今天，老昌陳中西藥房再次發生兇殺案，死者是一隻老鼠、兩隻蟑螂和一頭蒼蠅。調查探員莉莉經驗豐富，很快便找到疑犯大粒痣。牠躲在中藥房的海味箱下，偷吃鮑魚。小陳發現，大粒痣好像返老還童，不但回復胃口，也活潑起來了。從前，牠只會在門口或店後發呆，現在，牠到處跑，到處跳，嚇死店裏許多的蛇蟲鼠蟻。莉莉把案件資料詳細抄錄下來，思考之後，得出兩個結論。

一、在木頭號上，大粒痣受到水柱和飛魚的驚嚇，這兩件事明顯對牠帶來影響；

二、大粒痣的憂鬱病康復了。

大粒痣在船尾弓着身子，向飛魚張牙舞爪的照片，貼在米高的沖印店裏。他把那天的照片沖印出來，給我們每人一套。裏面有我們的合照、晴朗的天空、阿游的笑容，還有鯨魚噴水、擺尾、翻身和飛行的情景。米高説，這是我拍過最喜歡的一輯照片，説不定，馬蹄山有天也會飛起來，載我們到美麗新世界。她的女兒答應，會好好保存這些照片，因為從前沒有鯨魚來過這城，將來也再沒有了。

阿安和莉莉成為了朋友，跟我妹阿髮三人，常常去逛街，去拍照。阿安還是深愛商場，不過她開始嘗試到更多的地方了，最低限度，有建在商場旁邊的公園。她還參加了愛麗斯主持的聚會，叫大家千萬不要亂吃睡眠糖，也不要用刀在手腕上畫花。不過，這事令她發現自己的藝術天分，她答應愛麗斯，教主日學的小孩畫圖畫。而愛麗斯，則送了一本又厚又重的地圖給她。

的士司機合上車尾箱蓋，駕車離去了。莉莉拖着行李箱，走進平安街的積木堆裏，向前走兩個路口，轉右，再走三個路口，轉左，到了一幢房子前。門前的藍色信箱跟她説：歡迎回來，你有新信件。她在信箱裏取了信，抬頭便看見平安街四號三樓，她的房間。觀鯨以後，她竟然能夠記住自己的住址了。這樣奇怪的事，連她也想不出原因。不過這是好事，從此，她不再需要我帶她回家了，但她悄悄在我耳邊説：阿果，你繼續牽着我的手，陪我走未來的路啊。

——你為什麼畫花我房裏的牆呢？

阿木抱怨地說。

——被你發現了。如果不這樣做，我怎記得自己離開家裏多少天？

今天，是我離家出走第四十天。

傍晚，阿髮下課後來到電腦維修店，告訴我爸爸已經向媽道歉了。你要不要也原諒他？我說，好吧，我回家去。餐廳的工作我辭掉了，我發現自己根本不適合，也不喜歡賣紅酒。我心裏的願望，是我城千萬不要變成紅酒港，而我還有更重要的事要做，就是為全世界的人設計出合適的髮型。

莉莉知道我要搬回家去，便過來幫我收拾東西。我跟她和阿木說，你們明天又會見到我，因為老闆送我一把新剪刀，我又要到一刀剪上班了。阿木說，喜樂街永遠都歡迎你。他送給我一樣禮物，就是那台無線電收發機。這是我最偉大的修理品。他說。

巴士今天沒有遲到，莉莉在我臉頰親了一親，目送我和阿髮上車。所有旅行的終點，都是我們的家。媽媽還是那個樣子，爸爸幫我把行李搬到房裏。房間打理得井井有條，唯獨書架上少了一本書，我打開背包，將那本又厚又重的童話書放回去，叮一聲，我的房子變得完美了。

收拾好東西後，我搬開擺設和雜物，將無線電收發機放在窗台，拉長了天線，聽見它沙沙作響。我躺在牀上，望着這台古怪的機械，不知道這城裏有誰在發放無線電波呢？如果我在這兒唱歌，然後發放出去，並打電話叫莉莉將收音機調校到指定的頻道，她便能夠聽見我的歌聲。不過我唱歌太難聽了，那我應該說什麼呢？或者我可以讀那本童話書，一字一句的發放出去，讓更多人可以聽見。

這時，無線電收發機發出了奇怪的聲音，尖銳而溫柔，好像人的笑聲，聲音很模糊，非常遠。我認得，這是鯨魚的歌聲，牠還沒走嗎？我感到既驚訝又高興。

——喂喂。

——我認得你。

忽然有把聲音用無線電跟我說話。

——喂喂。

——你是誰？

我問。

——你不是見我飛上天空嗎？那顆晨星你看見嗎？我飛到那兒去了。地球正在衰老，它是一個細胞，不斷分裂，但到第五十次，便不能再分裂下去，要賣鹹鴨蛋了。

——他們不是建議，把垃圾拋到火山裏嗎？地球到時也要掉到火山焚化，一點也不剩。但你們一點也不用擔心。

——有一個美麗新世界，是人手不能創造的，給你們預備好了，我就在這兒。這個新星球，沒有污染，物產豐富，獅子和綿羊是好朋友。你們都可以到這裏來，這裏歡迎所有的人類。

那聲音說。

——我要怎樣到你那兒呢？

我又問。

——你有地圖嗎？

那聲音又說。

——地圖？我有。

我喊。

——跟着地圖的指示到這兒吧。我們等着你。

那聲音用無線電說。我不知道那邊的聲音是誰的，太陌生了，真是鯨魚跟我說話嗎？我又問了許多問題，但牠不再回答，只顧唱歌，一種非常美妙但遙遠的歌聲。這時阿髮叩叩房門，問我唱歌的是誰，我說不知道。是時候吃晚飯了，她接着說，然後退了出去。我看手錶，晚上七時七分，肚子咕咕響。那麼就再見了啊，我跟牠說，再見了，朋友，再見。

我們在這裏本沒有
常存的城，
乃是尋求那
將來的城。

《聖經・希伯來書》十三章十四節